24017

POÉSIES

EUROPÉENNES.

IMPRIMERIE DE PIHAN DELAFOREST (MORINVAL),

RUE DES BONS-ENFANS, N°. 34.

POÉSIES
EUROPÉENNES,

ou

IMITATIONS EN VERS

D'Alfieri, Burger, Robert Burns, Gay, Gonzaga, Karamsin,
Kœrner, Jean Kollar, Lessing, G. Lewis, Michel-
Ange, Thomas Moore, Pope, Shakspeare,
Schiller, Walter-Scott, Voss, Yriarte,
et des Poètes grecs modernes.

Par Léon Halevy,

Traducteur d'Horace, Auteur du *Czar Démétrius.*

Troisième Édition.

PARIS.

ALEX. JOHANNEAU, LIBRAIRE,

RUE DU COQ-SAINT-HONORÉ, N°. 8 BIS.

1833.

PRÉFACE.

En entreprenant cet ouvrage, dont je voulais puiser les matériaux dans toutes les littératures européennes, mon intention était de présenter comme un panorama du génie poétique chez les diverses nations de l'Europe. J'ai borné ma course, et je ne présente qu'un coin de ce vaste tableau.

Il me semble cependant, que, tout imparfait qu'est ce travail, c'est encore le plus complet qui ait été publié dans ce genre : si je ne me défiais de mes connaissances bibliographiques, je dirais même que c'est le seul.

Plus de trente imitations ou traductions en vers de poètes étrangers, la plupart contemporains, composent la première partie de ce Recueil : la seconde est consacrée au Théâtre.

Elle se compose du *Premier acte* de Don Carlos, traduit de Schiller, du *Quatrième acte* de Macbeth, traduit de Shakspeare, et du *Cinquième acte* de Brutus Ier., traduit d'Alfieri. C'est pour la première fois que se trouvent ainsi réunis dans le même cadre les trois grands tragiques étrangers.

A

Monsieur ARNAULT,

Secrétaire perpétuel

DE L'ACADÉMIE FRANÇAISE.

HOMMAGE

D'amitié et de haute estime.

LÉON HALEVY.

POÉSIES

EUROPÉENNES.

LE CHEVALIER DE TOGGENBOURG.

BALLADE

IMITÉE DE SCHILLER.

LE CHEVALIER DE TOGGENBOURG.

BALLADE

IMITÉE DE SCHILLER.

———

« J'AURAI pour vous un tendre amour de sœur ,
» Mais je ne puis vous donner davantage :
» Peine d'amour a déchiré mon cœur.
» Beau chevalier, allons, prenez courage !
» J'aurai pour vous un tendre amour de sœur. »

Elle disait ; un long ruisseau de larmes
Brûle, en tombant, le sein du chevalier.
Il a repris et son casque et ses armes ;
Il est monté sur son brillant coursier.
Puis aussitôt, dans la plaine voisine,
Au cri de guerre, il mande ses vassaux ;
La lance au poing, la croix sur la poitrine,
Ils marchent tous combattre aux saints tombeaux.

Là, de leur chef la valeur meurtrière
Porte l'effroi dans le cœur des soudans ;
Si l'on veut voir s'agiter sa bannière,
Du Sarrasin il faut percer les rangs.....
Mais dans son cœur reste toujours sa peine ;
Pour la guérir, hélas ! la gloire est vaine.
Dans ce vieux temps d'amour et de combats,
Tourmens du cœur ne se guérissaient pas.

Sans murmurer il subit son martyre ;
Un an s'écoule et son courage expire :
Il veut quitter et la gloire et les camps.

Près de Joppé s'offre un léger navire :

« Assez de bras vaincront les Musulmans ;

» Allons , dit-il ; je veux revoir mes champs.

» Partons , amis ! c'est là qu'elle respire. »

Il va frapper aux portes du château ,

Noble demeure où vit celle qu'il aime ;

Du pélerin il porte le manteau ,

Et de ses maux la croix sainte est l'emblême.

La porte s'ouvre : « Hélas ! que cherchez-vous ?

» Elle a pris Dieu pour maître et pour époux.

» Elle n'a plus de terrestre pensée ;

» Elle est du ciel l'auguste fiancée :

» Ce fut hier qu'abandonnant ces lieux ,

» Joyeuse , au monde elle a fait ses adieux. »

La mort dans l'âme , il s'éloigne en silence.

De Toggenbourg le puissant héritier

Laisse désert le lieu de sa naissance.

Il abandonne et son brillant coursier ,

Et sa bannière, et son glaive et sa lance.
Mais son armure, aux sanglantes couleurs,
Entoure encor sa poitrine oppressée ;
Et sur son front sa visière abaissée
Cache aux regards et ses traits et ses pleurs.

Près de la plaine où loin d'un bruit profane,
Le cloître saint, noble asile de paix,
De noirs tilleuls domine un bois épais,
Il se construit une étroite cabane.
Là, du soleil devançant le retour,
Jusqu'à la nuit il s'assied chaque jour ;
De ses regrets il savoure les charmes,
Et ses regards long-temps noyés de larmes
Brillent encor d'espérance et d'amour.

Il attendait qu'à la haute tourelle
Parût enfin le regard de sa belle,
Et que, levant le voile consacré,
Simple ornement de sa beauté divine,
Vers la fraîcheur de la verte colline
Elle abaissât son visage adoré.

Heureux alors, de son toit solitaire
Il regagnait le calme et le mystère;
Il s'endormait, songeant au lendemain;
Il s'endormait, et la nouvelle aurore,
Muet, pensif, le retrouvait encore,
Les yeux fixés sur le cloître lointain.

Ne plaignant point ses tristes destinées,
Ainsi resta le pauvre chevalier
Et de longs jours et de longues années,
Las de gémir, mais non point de prier :
Pâle, attendant qu'à la haute tourelle
Parût enfin le regard de sa belle,
Et que, levant le voile consacré,
Simple ornement de sa beauté divine,
Vers la fraîcheur de la verte colline
Elle abaissât son visage adoré.

Et lorsqu'on vint un matin dans la plaine,
Plus ne vivait le triste chevalier.
Du jour naissant les feux doraient à peine
Les noirs vitraux du cloître hospitalier.

Les yeux tournés vers le saint monastère,
On le trouva , mais froid et sans couleur,
Assis encor sur le banc solitaire ,
Le front empreint d'espoir et de douleur.

Il attendait qu'à la haute tourelle
Parût enfin le regard de sa belle.

A MON AMIE.

IMITATION DE MICHEL-ANGE.

A MON AMIE.

IMITATION DE MICHEL-ANGE *.

———◆———

Tᴇꜱ yeux, tout rayonnans d'une céleste flamme,
A mes regards voilés montrent un nouveau jour.
Seule, tu fais ma force et tu soutiens mon âme,
Qui chancelle et faiblit sous le poids de l'amour.

---

* *Sonnetto IX.* Voyez le texte et la traduction en prose des *Poésies de Michel-Ange*, publiés par M. Vᴀʀᴄᴏʟʟɪᴇʀ.

Je n'ai plus de désir, de vœu qui m'appartienne ;
Tu portes dans ton sein ma joie ou ma douleur.
C'est dans ta volonté que je puise la mienne :
Le siége de ma vie est passé dans ton cœur.

Je ressemble, ô mon ange, à l'astre solitaire
Qui doit au roi du jour sa timide clarté.
Comme lui sans chaleur, incomplet sur la terre,
Je ne réfléchis plus qu'un éclat emprunté.

LA MÈRE MORÉATE.

IMITÉ DU GREC MODERNE.

LA MÈRE MORÉATE.

IMITÉ DU GREC MODERNE *.

———◆———

Qui veut ouïr des plaintes, des sanglots,
Qu'il aille aux villes de Morée ;
C'est là que la mère éplorée
Appelle en vain son fils et regarde les flots.

* _Chants populaires de la Grèce moderne_, recueillis par M. FAURIEL.
(Chansons romanesques, XXI.)

Assise à la fenêtre, et l'œil vers le rivage,
    Elle gémit, elle pleure , elle attend ;
Et quand vient une barque après un long voyage,
Elle crie : « O navire, as-tu vu mon enfant ? »

LA BARQUE.

S'il s'est offert à moi dans ma course lointaine ,
    Comment l'aurais-je reconnu ?
Dépeins-le, cet enfant, triste objet de ta peine;
    Je te dirai si je l'ai vu.

LA MÈRE.

    Il était grand, beau de visage,
    Il était droit comme un cyprès ;
    Quand il partit, de mes regrets
    Je lui donnai pour dernier gage
    Un anneau....

LA BARQUE.

        Je le reconnais.
    Vingt ans au plus formaient son âge.
    Je l'ai vu près des murs de Fez ,
    Étendu, mourant sur la plage ;

Il nageait baigné dans son sang ;
De noirs vautours rongeaient son flanc.
Un seul se tenait sur la rive ,
L'air affligé , ne mangeant pas ;
Et ton fils , lui tendant le bras ,
Lui disait d'une voix plaintive :
« Prends aussi ta part du repas !
» Mange, ami, ma chair palpitante ;
» Ton noir plumage en grandira,
» Ton aîle en deviendra puissante,
» Puis vers mon pays volera.
» Et sur ton corps avec tendresse
» J'écrirai trois mots de douleur :
» L'un pour ma mère en sa vieillesse ,
» Le second sera pour ma sœur,
» Et le dernier pour ma maîtresse. »

LA COURONNE DE CYPRÈS.

IMITÉ DE WALTER-SCOTT.

LA COURONNE DE CYPRÈS.

IMITÉ DE WALTER-SCOTT.

Le lys a trop d'éclat pour mon pâle visage,
    Et la rose a trop de fraîcheur.
Laissez la fleur de mai pour le front du jeune âge,
Réservez l'églantine à la joie, au bonheur ;
Moi, que le sort trahit, que l'espoir abandonne
Moi, jeune par les ans, mais vieux par les regrets,
        Ne me tressez point de couronne,
        Ou tressez-la moi de cyprès !

Que les rians festons de pampre et de verveine

Du buveur charment la gaîté ;

Que le laurier s'enlace à la feuille du chêne,

Pour couronner un front cher à la liberté ;

Aux amans fortunés que le myrte se donne !

Moi, jeune par les ans, mais vieux par les regrets,

Ne me tressez point de couronne,

Ou tressez-la moi de cyprès !

LE PARTAGE DE LA TERRE.

IMITÉ DE SCHILLER.

LE PARTAGE DE LA TERRE.

IMITÉ DE SCHILLER.

———

« Mortels, partagez-vous la terre,
» Dit un jour le dieu du tonnerre;
» Régnez sur elle en liberté!
» Qu'elle vous serve d'héritage;
» Allez, je vous la donne, et qu'à votre partage
» Préside une franche équité. »

Tout s'agite à l'instant : la lutte se prépare ;
L'industrieux mortel de l'univers s'empare ;
  La nature vaincue obéit à ses lois ;
Le monde échut à l'homme , et l'homme échut aux rois.

Et depuis de longs jours était fait le partage ,
Quand un poète arrive ; il s'arrête affligé.
  Il venait d'un lointain rivage ;
Mais il venait trop tard : tout était partagé.

Aux pieds du roi du monde il prosterne sa tête :
« O mon père , dit-il , j'invoque ta pitié !
» Le plus cher de tes fils , ton ami , le poète
  » Sera-t-il le seul oublié ? »

« Pourquoi , répond le dieu, ce reproche sévère ?
» En ce libre partage ai-je imposé ma loi ?
» Et quand l'homme à son gré se divisa la terre
  » Où te trouvais-tu ? — Près de toi.

» Je contemplais, grand Dieu, ta splendeur infinie.

» Je contemplais des cieux la divine harmonie ;

» Et tandis qu'échappant aux choses d'ici-bas,

» Vers toi volait mon âme, à ton aspect ravie,

» On me prenait ma part, et je ne le vis pas !

» — Je sais compatir à ta peine,

» Dit le dieu, mais ta plainte est vaine ;

» La terre est occupée ; elle n'est plus à moi.

» Mais je t'offre en retour ma céleste demeure.

» Viens frapper au ciel à toute heure,

» Et le ciel s'ouvrira pour toi. »

LE SOLDAT ET SON CHEVAL.

IMITÉ DU GREC MODERNE.

LE SOLDAT ET SON CHEVAL.

IMITÉ DU GREC MODERNE *.

———◆———

Vévros était gisant sur la plaine sanglante ;
Son cheval le parcourt de sa bouche écumante :
« Lève-toi, lui dit-il ; viens, maître , et cheminons,
» Car voilà que sans nous partent nos compagnons. »
Le klephte se soulève , et d'une voix tremblante :

* *Chants populaires de la Grèce moderne*, recueillis par M. FAURIEL.
(Chansons romanesques , X.)

« Je ne puis plus partir, ami, je vais mourir.

» Avec tes fers d'argent creuse, creuse la terre,

» De tes dents prends mon corps; il n'est besoin de bière :

» Jette-le dans la fosse, et songe à le couvrir.

 » Puis prends mon sabre et mon fusil fidèle !

» Porte à mes vieux amis ces restes d'un vaillant;

 » Porte mon mouchoir à ma belle,

 » Pour qu'elle pleure en le voyant. »

LE ROSSIGNOL ET LE BERGER.

FABLE IMITÉE DE LESSING.

LE ROSSIGNOL ET LE BERGER.

FABLE IMITÉE DE LESSING.

⎯⎯⎯⎯⎯⎯⎯⎯

Favori des neuf sœurs, toi qui te plains sans cesse,
    Que mille insectes bourdonnans
Assiégent nuit et jour les rives du Permesse,
Et troublent par leurs cris la poétique ivresse
    Qui t'inspirait de si doux chants,
Je veux te répéter un mot plein de sagesse
Que dit au rossignol un habitant des champs.

3..

C'était le soir ; sur toute la nature

Régnait ce calme heureux qui suit un jour d'été ;

Le zéphir se jouait sous la fraîche verdure,

Et la lune éclairait le feuillage argenté.

Un berger retournait à son humble chaumière,

Il vit le rossignol, hôte aimable des bois,

Qui se taisait, pensif et solitaire,

Comme s'il eût perdu les doux sons de sa voix.

« Rossignol, lui dit-il, quel est donc ce silence?

» Chante ; la nuit est belle, et ton règne commence.

» — Que m'importe à présent la beauté de la nuit?

» Répond l'oiseau ; ma voix reste glacée !

» Les grenouilles font tant de bruit

» Que de chanter encor je n'ai plus la pensée.

» Leur horrible ramage en tout lieu me poursuit ;

» Il trouble sans pitié l'asile où je repose.

» Mais écoute...., berger ; entends-tu leurs accens ? »

Le berger répondit : «Eh! oui, je les entends,

» Mais ton silence en est la cause. »

LE SONGE DU SOLDAT.

RÉCIT D'UN BLESSÉ.

IMITÉ DE L'ANGLAIS, DE G. LEWIS.

LE SONGE DU SOLDAT.

RÉCIT D'UN BLESSÉ.

IMITÉ DE L'ANGLAIS, DE G. LEWIS.

Hier les feux du camp brillaient dans la nuit sombre ;
Sur l'herbe reposaient des milliers de soldats ;
Les blessés près de nous se lamentaient dans l'ombre,
Et plus d'un s'endormit qui ne s'éveilla pas.

Sur mon large manteau couché près de mes armes,
Sans blessure, au sommeil j'avais livré mes yeux ;
Je dormais, quand soudain un songe plein de charmes
M'offrit du lieu natal l'aspect délicieux.

Je rêvais qu'échappant aux horreurs de la guerre,
Franchissant à grands pas un pays dévasté,
J'avais vu tout-à-coup la maison de mon père
S'offrir à mes regards sous un soleil d'été.

Je reconnus, joyeux, la plaine accoutumée,
Le chien de mon troupeau, le cri du moissonneur,
La montagne, l'église et la blanche fumée
Qui montait lentement sur le toit du pasteur.

De mon retour alors on célébra la fête ;
Je jurai par le Ciel et mes amis en pleurs
Que le casque jamais ne ceindrait plus ma tête ;
Et mes petits enfans la couronnaient de fleurs.

Soulevés dans mes bras, ils baisaient mon visage ;
Ma femme, ivre de joie, embrassait mes genoux :
« Cher Tony, me disaient les plus vieux du village,
» Te voilà fatigué ! reste, reste avec nous ! »

Et j'oubliais les maux, les dangers de la guerre,
Quand les rayons du jour reparurent soudain....
Bientôt du bronze en feu retentit le tonnerre ;
Je courus au combat.... et je mourrai demain !

LA FIANCÉE.

UN PASTEUR A SA FILLE.

IMITÉ

DU POÈME ALLEMAND DE LOUISE, PAR VOSS.

LA FIANCÉE.

UN PASTEUR A SA FILLE.

IMITÉ

DU POÊME ALLEMAND DE LOUISE, PAR VOSS.

Ma fille, que du ciel la faveur te bénisse !
Que Dieu sur ton hymen jette un regard propice !
Moi, je fus jeune aussi ! Je rends grâce au Seigneur
Qui marqua mes longs jours de joie et de douleur.

Bientôt dans cette tombe où reposent mes pères
Reposeront aussi mes os sexagénaires.
J'arriverai sans crainte à mon dernier instant;
Car ma fille est heureuse, et je mourrai content.
Quel spectacle touchant qu'une épouse nouvelle,
Confiée à l'amour par la main paternelle!
La joie en son regard brille avec la candeur;
L'ivresse qu'elle montre est encor la pudeur.
En marchant à l'autel, tremblante, elle s'appuie
Sur la main de l'époux, son guide dans la vie.
C'est avec lui qu'au sein du plus tendre des nœuds
Doivent couler ses jours, sereins ou nébuleux.
C'est elle dont la main, si le Seigneur l'ordonne,
Doit réchauffer un cœur que la vie abandonne,
Et sur un front glacé d'une morne pâleur
Recueillir d'un époux la dernière sueur.
De ces pressentimens mon âme était remplie,
Quand dans ces lieux aussi je fis don de ma vie.
Inquiet, agité d'un désir curieux,
Sur mes jours à venir j'interrogeais les cieux.
Au temple j'amenai ma timide compagne;
Je lui montrai de loin l'église, la campagne,
Et le toit du pasteur, respect de ces hameaux,
Où le ciel nous donna tant de biens et de maux.

O mon unique enfant, car le destin sévère
N'a laissé qu'une fille à mon amour de père,
Là bas, sous cette terre où croît un vert gazon,
Dorment d'autres enfans, charme de ma maison;
Là bas dorment des cœurs à qui j'ai donné l'être!
Le ciel les a glacés; le ciel est notre maître!
Toi, qu'il me laisse encor, marche au but inconnu,
En suivant le chemin par où je suis venu.
Je ne te verrai plus écoutant la prière;
Mon œil te cherchera sous mon toit solitaire;
En vain, te désirant une dernière fois,
Je prêterai l'oreille à tes pas, à ta voix.
Oui, lorsque ton époux t'emmènera, des larmes
Sortiront malgré moi de mon cœur sans alarmes.
D'un regard attendri je te suivrai long-temps;
Je te rappellerai de mes bras supplians;
Car je suis homme et père, et j'aime avec tendresse
La fille, unique espoir, orgueil de ma vieillesse.
Mais bientôt, réprimant cette injuste douleur,
J'adorerai, soumis, la loi du Créateur,
Puisqu'il veut que la femme, à l'hymen consacrée,
Abandonne un vieux père, une mère adorée.
Va donc, fille chérie; et suis avec amour
L'homme à qui le destin va t'unir sans retour.

Que votre âme à jamais s'entende et se réponde !
De nombreux rejetons sois la tige féconde !
Va ; de deux cœurs aimans le lien solennel
Est pour l'homme un bonheur, avant-coureur du ciel !

LE DÉPART DE L'HOTE.

IMITÉ DU GREC MODERNE.

4

LE DÉPART DE L'HOTE.

IMITÉ DU GREC MODERNE *.

———◆———

C'EST le beau mois des fleurs, c'est la douce saison ;
Alors l'hôte étranger désire sa maison.
Il selle son cheval, il le bride, il le ferre ;

---

* *Chants populaires de la Grèce moderne,* recueillis par M. FAURIEL.
(Chansons romanesques, VIII.)

4..

Il doit partir avant le jour,
Et la fille qui l'aime, en soupirant l'éclaire.
Elle lui verse à boire, et son naïf amour
S'exhale ainsi de sa bouche sincère :

« Allons-nous en, mon maître, emmène-moi !
» Allons-nous en ! je m'abandonne à toi !
» Pour ton pays je partirai contente :
» Le voyageur a besoin d'un soutien,
» Avec bonheur je serai ta servante ;
   » Je ferai mon lit près du tien.

» — O ma fille, où je vais ne vont pas tes compagnes !
» Les hommes seuls y vont, les braves, les soldats.

» — Eh bien ! j'irai pour toi bien loin de nos montagnes ;
» Mets-moi des habits d'homme, et je vole aux combats.

» Donne un cheval rapide, une épée, une lance !

» Dans les camps, aux périls, avec toi je m'élance !

   » Allons-nous en, mon maître, emmène-moi !

   » Allons-nous en, je m'abandonne à toi ! »

MARIE.

IMITÉ DE SCHILLER.

MARIE.

IMITÉ DE SCHILLER.

———————◄━━►———————

Le Ciel gronde ; la nuit descend avec l'orage ;
Et la jeune Marie, assise sur la plage,
      Mêle sa plainte au bruit des flots.
Ses cheveux sont épars sur sa tête affaissée ;
Elle pleure, soupire, et son âme oppressée
      Laisse échapper ces mots :

« Mon cœur est mort, ma carrière est remplie ;

» Le jour fatigue et mon âme et mes yeux.

» Dans le tombeau, ma mère, entends mes vœux !

» Rappelle à toi la plaintive Marie !

» Le monde n'a plus rien qui puisse me charmer.

» J'ai goûté tous les biens que nous promet la vie :

» J'ai joui du bonheur d'aimer ! »

Elle dit, et des pleurs inondent sa paupière ;

Mais peuvent-ils des morts ranimer la poussière ?

Une voix lui répond : « Je viens, je viens à toi !

» O ma fille, demande-moi

» Ce qui guérit, ce qui console,

» Ce qui rend l'espérance au cœur,

» Lorsqu'a fui de l'amour le plaisir enchanteur.

» Je te l'accorderai, reçois-en ma parole :

» Je suis l'ange consolateur.

» Tu gardes le silence.... Ah ! conserve tes larmes !

» Pleure, ma triste enfant ! la douleur a ses charmes.

» Lorsque l'âme a perdu son espoir, ses désirs,

» Quand l'amour nous ravit sa joie enchanteresse,

» Il nous laisse du moins les larmes, les soupirs,

      » Les regrets d'une courte ivresse....

      » Et ce sont encor des plaisirs ! »

A LA PATRIE.

IMITÉ DE L'ANGLAIS, DE THOMAS MOORE.

A LA PATRIE.

IMITÉ DE L'ANGLAIS, DE THOMAS MOORE [*].

———■●■———

Tant qu'un reste de sang coulera dans mes veines,
Je veux le réserver à la patrie en pleurs,
Plus belle dans l'orage, et plus chère en ses peines
Qu'un sol de liberté, de soleil et de fleurs.

[*] *Mélodies irlandaises*, XV. Mme. Louise Sw.-Belloc a publié une élégante traduction en prose des *Mélodies* et des *Amours des Anges*.

Oh ! si je te voyais grande, libre, puissante,
Du fond de ton cercueil soudain te ranimer,
Je pourrais te chanter d'une voix plus brillante ;
Mais d'un cœur plus ardent je ne saurais t'aimer.

Non ; je chéris en toi tes douleurs, tes injures ;
Ta chaîne t'embellit aux yeux de tes enfans ;
Je bois avec amour le sang de tes blessures ;
Je le bois à ta gloire, à la mort des tyrans !

L'ÉTOILE.

IMITÉ DE L'ALLEMAND. DE KOERNER.

L'ÉTOILE.

IMITÉ DE L'ALLEMAND, DE THÉODORE KOERNER *.

———

« Que ton visage est pâle, ô jeune fille !
De ton beau teint que devient la fraîcheur ?
Où donc a fui ton sourire enchanteur ?
Cet œil mourant, où nul espoir ne brille,

---

* Théodore Koerner, né à Dresde en 1788, fut tué à la bataille
de Leipsick, à l'âge de 25 ans. Il avait pris les armes pour la défense
de sa patrie.

5..

Que cherche-t-il en se levant aux cieux?
Veut-il franchir les mortelles barrières ,
Et pénétrer les célestes mystères
Écrits au front des astres radieux?

» — Oh ! non ; si loin ne va pas ma pensée.
J'attends l'étoile où l'ami qui m'est cher,
Et que sépare , hélas! la vaste mer,
Tiendra sa vue au même instant fixée.
Humble et modeste est l'amour malheureux :
Des mille sœurs aux rayons lumineux
Nous n'avons pas choisi la plus brillante.
Timidement sa lueur pâlissante
Glisse et se perd dans cette mer de feux.
Mais aucun astre aux plaines éternelles
Ne fit monter des regards plus aimans;
Ni de deux cœurs plus tendres, plus fidèles,
Ne réunit les purs élancemens.

» Tiens ! la voilà! ton œil la cherche encore ;
Déjà le mien la voit et la dévore.
Va, bon vieillard, à présent laisse-nous !
Que nous parlions sans témoins , sans contrainte.

Voici l'instant des regrets, de la plainte,
Des souvenirs et des vœux les plus doux.

» — Adieu ! Je pars. Aimez ; soyez heureuse !
Pareils tourmens ne sont pas sans douceur.
A vos destins soumettez-vous joyeuse :
Cœur sans amour est un jardin sans fleur ! »

Elle resta pensive et solitaire.
Tandis qu'au ciel s'élevait sa prière,
Et que d'en haut l'espoir lui descendait,
Bien loin de là sur la terre étrangère
De son ami la voix lui répondait.

LA JEUNE FILLE.

Vierge sainte, sensible aux pleurs de ceux qui prient,
Ramène-moi l'ami si long-temps attendu !
Permets que, pleins d'amour, deux mortels te supplient ;
Car l'amour chaste et pur est aussi la vertu.

LE JEUNE HOMME.

Salut, mystérieuse étoile,
Symbole heureux d'espoir et de retour !

De la nuit tu perces le voile,
Comme un faible rayon du jour.
Un cœur répond au mien sur la rive lointaine ;
Et vers toi deux beaux yeux se lèvent avec peine
Tout obscurcis de pleurs.
Dieu nous donna l'amour pour consoler l'absence ,
Et , pour abréger la distance ,
Le lien sacré des douleurs.

LA JEUNE FILLE.

Mon cœur froid et glacé cherche sa vie absente ;
Jadis glissait sur moi le vol léger du temps ;
Maintenant il se traîne , et son aile pesante
Marque d'un poids brûlant chacun de mes instans.

LE JEUNE HOMME.

Autrefois faible et sans courage,
J'usais ma vie en frivoles loisirs;
Aujourd'hui j'oppose à l'orage
Plus de force et plus de desirs.
Sur moi , sans m'accabler , se brise la souffrance.
Courage , ô ma Fanny, courage et patience !
La joie aura son tour.
Chaque astre qui se couche emporte un jour de peine ;

Chaque instant d'exil nous amène
L'instant fortuné du retour.

❀

Un soir (l'année achevait sa carrière),
Au même lieu passa le bon vieillard ;
Il vit Fanny, mais non plus solitaire ;
L'amour, la joie, enflammaient son regard.
Vers les clartés de la voûte éthérée,
En souriant elle étendait le bras ;
Sa main pressait une main adorée,
Et son ami lui repondait tout bas :
« Salut, salut, mon étoile chérie !
» En te voyant, je voyais la patrie !
» Quand tu priais, ô Fanny, je priais ;
　　» Et quand tu pleurais, je pleurais. »

LE CIMETIÈRE.

IMITÉ DU RUSSE, DE KARAMSIN.

LE CIMETIÈRE.

IMITÉ DU RUSSE, DE KARAMSIN *.

———◁●▷———

PREMIÈRE VOIX.

Oh ! combien le tombeau nous cause d'épouvante !
Quel horrible séjour de tristesse et de deuil !
Là gronde la tempête, à la voix mugissante ;
Là résonnent sans cesse et la plainte impuissante
     Et les craquemens du cercueil.

---

* Ce morceau est traduit en prose dans les *Veillées russes*, de
M. Héguin de Guerle.

DEUXIÈME VOIX.

Oh ! que la tombe est paisible et riante !
De son repos rien ne trouble la paix ;
Du rossignol la douce voix l'enchante ;
Et du zéphir l'haleine caressante
Glisse et voltige aux branches des cyprès.

PREMIÈRE VOIX.

Là plane le vautour à l'aile funéraire ;
Là, quand du triste jour s'est éteint le flambeau,
Souvent un spectre affreux brise en hurlant sa bière,
Et soulevant soudain le marbre tumulaire,
S'échappe, horrible, du tombeau.

DEUXIÈME VOIX.

Là, quand la nuit vient charmer la nature,
L'âme du juste, avide encor des cieux,
Libre du joug de sa dépouille impure,
Vient au milieu des fleurs, de la verdure,
Les ranimer d'un souffle harmonieux.

PREMIÈRE VOIX.

L'homme , lorsqu'il atteint ce vallon de misère ,
Voudrait , saisi d'effroi , retourner sur ses pas ;
Un invisible dieu lui ferme la barrière ,
Le pousse dans l'abîme , et , sourd à sa prière ,
  Le livre au gouffre du trépas.

DEUXIÈME VOIX.

L'homme , achevant son long pélerinage ,
Tout courbé d'ans , triste jouet du sort ,
Dépose ici son bâton de voyage ,
Trouve le calme après les jours d'orage ,
Ferme les yeux , songe au ciel, et s'endort.

L'APPARITION.

IMITÉ DE SCHILLER.

L'APPARITION.

IMITÉ DE SCHILLER.

———⚬———

Du haut des cieux quand descend la nuit sombre,
Autour de toi je voltige, et mon ombre
Glisse légère au sein des tendres fleurs.
Toi, tu me dis, l'œil humide de pleurs :

6

« Belle Thécla , que nous avons perdue ,
» Belle Thécla , qu'êtes-vous devenue ? »
Pourquoi toujours gémir? ne me plains pas, Zulmé !
Va , j'ai beaucoup vécu , car j'ai beaucoup aimé.

Demandes-tu , quand tu viens sous l'ombrage :
« Qu'est devenu l'ornement du bocage ,
» Le rossignol qui chantait ses amours? »
En un printemps se sont enfuis ses jours.
Tiens, voici l'arbre où sa voix fraîche et pure,
A son réveil célébrait la nature. . .
L'oiseau ne chante plus.... Ne le plains pas , Zulmé!
Il a beaucoup vécu , n'avait-il pas aimé?

Tu veux savoir quelle est notre demeure ?
Tu veux savoir si notre dernière heure
Rend à nos vœux l'objet de nos regrets.
Oui , j'ai revu l'ami que j'adorais !

Plus de douleur dans ces lieux pleins de charmes !

Plus de sanglots, plus d'adieux, plus de larmes...

C'est là que pour toujours se retrouvent, Zulmé,

Tous ceux qui dans leur vie avaient beaucoup aimé.

6..

LE PASSÉ.

IMITÉ DE L'ANGLAIS, DE THOMAS MOORE.

LE PASSÉ.

IMITÉ DE L'ANGLAIS, DE THOMAS MOORE *.

———

Souvent, pendant la nuit, dans l'ombre et le silence,
Lorsque s'ouvrent encor mes yeux demi-voilés,
Un fantôme bizarre auprès de moi s'avance,
Et m'offre le tableau de mes jours écoulés.

* *Mélodies irlandaises*, LV.

Je retrouve les pleurs de mes douleurs premières,
Des sourires, des mots que je croyais perdus,
Des regards que j'aimais, des voix qui m'étaient chères,
    Et des cœurs qui ne battent plus !

❀

    Ainsi, quand le présent sommeille,
    Et de mes yeux fuit effacé,
    Le triste souvenir réveille
    La pâle image du passé.

❀

Quand je songe aux amis que j'ai vus disparaître,
Comme périt le soir la rose du matin ;
Quand je songe à ces jours qui ne peuvent renaître,
Je crois parcourir seul la salle du festin.
De débris et de fleurs les tables sont couvertes :
Dans cette vaste enceinte où règne un morne effroi,
Je cherche mes amis à leurs places désertes....
    Tous sont partis, excepté moi !

✿

Ainsi, quand le présent sommeille,
Et de mes yeux fuit effacé,
Le triste souvenir réveille
La pâle image du passé.

LA FILLE DU PASTEUR.

BALLADE

IMITÉE DE BURGER.

LA FILLE DU PASTEUR.

BALLADE

IMITÉE DE BURGER [*].

———✦———

A Taubenheim, au jardin du pasteur,

Est un bosquet dont la pâle verdure

Languit et meurt sans ombrage et sans fleur;

De noirs esprits en chassent la fraîcheur;

Là, chaque nuit, s'exhale un sourd murmure,

[*] Cette ballade se trouve traduite en prose dans l'intéressant recueil publié par M. FERDINAND FLOCON, sous le titre de : *Ballades allemandes, tirées de Bürger, Koerner* et *Rosegarten.*

Un bruit étrange, un long cri de douleur,
Dernier accent d'une voix expirante ;
Et l'on dirait la colombe tremblante,
Qui se débat sous l'autour en fureur.

Près de l'étang lentement se promène
Un jet de flamme, aux détours sinueux ;
Pâle et mourant, il se glisse, il se traîne ;
On voit aussi, près du marais fangeux,
Un lieu sans herbe où la terre embrasée
Jamais ne s'ouvre à la fraîche rosée ;
Et quand il passe en grondant sur ce lieu,
Le vent du nord devient souffle de feu.

Belle, innocente, au printemps de sa vie,
Était Betty, la fille du pasteur.
Nombreux amans se disputaient son cœur ;
Mais, conservant sa liberté chérie,
Elle n'aimait que le bocage en fleur,
Le frais ruisseau, la danse et la prairie.

Sur l'autre rive , au sommet du côteau
Qu'en murmurant baigne l'onde amoureuse,
Avec orgueil s'élevait le château,
Du comte Albert demeure somptueuse.
Souvent Betty fixait avec amour
Ses beaux yeux bleus sur ce riche séjour ;
Elle en aimait l'élégante structure ;
Et quand , suivi de l'ardent lévrier,
Pour la forêt partait le chevalier ,
Elle admirait sa rayonnante armure,
Son casque d'or et son brillant coursier ;
Mais , le dirai-je ? à cette âme si pure
Bien plus encor plaisait le cavalier.

Bientôt d'Albert vient un discret message ;
Dans une lettre où brille un filet d'or
Le noble comte enferme un doux trésor ,
De son amour modeste témoignage ;
C'est une bague, où leur chiffre enlacé
Se mêle aux feux d'une perle éclatante ;
C'est un cœur d'or , où son portrait fixé

Ne paraîtra qu'aux yeux de son amante.
Ce peu de mots de sa main fut tracé :

« Sois sans pitié pour ces amans vulgaires
» Qu'un fol espoir enchaîne à tes genoux !
» Paye en mépris leurs desirs téméraires !
» Le ciel, Betty, te garde un sort plus doux.
» Viens à minuit, à l'heure où tout sommeille !
» Rassemble alors les forces de ton cœur !
» Un doux secret surprendra ton oreille.
» Près du bosquet, au jardin du pasteur,
» Je t'attendrai sous l'aubépine en fleur.
» Viens à minuit ! c'est l'heure où tout sommeille !

» Pour t'appeler, la flûte imitera
» Du rossignol la voix mélodieuse ;
» Et dans les blés l'appeau répétera
» Le chant joyeux de la caille amoureuse.
» Rassemble alors les forces de ton cœur !
» Je t'attendrai sous l'aubépine en fleur. »

Et quand vint l'heure, à son amour si chère,
Il arriva, furtif, silencieux ;
D'un noir manteau les plis mystérieux
Enveloppaient sa taille noble et fière.
Il approcha lentement du jardin,
Marcha sans bruit, et sa main prévoyante,
Par les débris d'un splendide festin,
Du dogue errant, à la voix menaçante,
Sut apaiser la clameur vigilante

Alors la flûte avec art imita
Du rossignol la voix mélodieuse,
Alors l'appeau dans les blés répéta
Le chant joyeux de la caille amoureuse ;
Et rassemblant les forces de son cœur,
Betty courut vers l'aubépine en fleur.

Il prononça le mot doux à l'oreille....
Il lui promit tant d'amour, tant d'ardeur !
Pauvre Betty ! si faible est la pudeur
Près d'un amant, à l'heure où tout sommeille !

7

Il lui jura, par tout ce que le ciel
A de plus saint et de plus solennel,
Qu'il lui donnait et sa vie et son âme,
Et que jamais ne s'éteindrait sa flamme !
Betty pleurant faiblement résistait :
Il suppliait et toujours promettait!

Enfin, son bras l'entrelaçant dans l'ombre,
Il la conduit au fond du bosquet sombre.
Betty gémit ; sous l'ombrage écarté
Se perd le cri de sa voix expirante ;
Albert l'entraîne, et de sa bouche ardente
Il presse un cœur par l'amour agité ;
De ses désirs la volupté brûlante
Enivre enfin cette vierge innocente,
Et la flétrit de son souffle empesté.

Et quand les pois dans les champs se fanèrent,
De son beau teint les couleurs s'effacèrent ;
Elle sentit un malaise ignoré ;
Et de ses yeux la flamme languissante

Ne mêla plus qu'une clarté mourante
Au pâle éclat d'un front décoloré.

Et quand rougit le doux fruit de la fraise,
La pauvre enfant vit croître son malaise,
Et de son cœur tout repos fut chassé.
Pleurait le jour, pleurait la nuit obscure ;
Et trop étroite alors fut la ceinture
Où son beau sein naguère était pressé.

Et du faucheur lorsque vint la journée,
Lorsque chanta le moissonneur content,
Lors, dans ses flancs, muette et consternée,
Elle sentit que s'agitait l'enfant.
Et quand siffla sur la triste chaumière
Du vent du nord le souffle impétueux,
La pauvre fille aux regards curieux
Ne put, hélas ! cacher qu'elle était mère !

« Éloigne-toi ! ne souille plus ces lieux,
« Fille maudite, opprobre de ton père ! »

7··

S'écrie alors le pasteur furieux,
Et de Betty saisissant les cheveux,
Impitoyable, il frappe, et sur la terre,
Rouge du sang de ses membres meurtris,
Il la renverse avec d'horribles cris.

« Tiens ! de ton sang je détruirai la trace !
» En te foulant, ce pied vengeur l'efface !..
» De ton enfant va creuser le tombeau !
» Ou que ton crime à l'instant se répare :
» Cherche son père, et qu'ensemble il prépare
» Ton lit de noce, infâme, et son berceau ! »

Il dit, la chasse, et plein de son outrage,
Il l'abandonne à la nuit, à l'orage.
Nuit sans clarté, nuit terrible !... Des cieux
Tombait la pluie en torrens furieux.
Elle s'enfuit ; sans larmes, sans pensée,
Elle franchit la rivière glacée.
Elle se traîne au sommet du côteau,
Cherche à tâtons la porte du château,

Voit son amant, et s'écrie éplorée :

« Malheur à moi ! je suis déshonorée !

» Tu m'as trompée, Albert ; malheur à moi !

» Sans être épouse, hélas ! me voilà mère !

» Vois-tu ces coups ? c'est la main de mon père !

» Rends-moi l'honneur ! J'en appelle à ta foi ! »

Il se taisait.... Dans sa douleur profonde,
Elle l'embrasse, et de ses pleurs l'inonde.

« Allons, dit-il ; Betty, rassure-toi !

» Du vieux pasteur je crains peu la colère ;

» Dans mon château demeure sans effroi.

» — Il n'est plus temps que l'hymen se diffère,

» Lui répond-elle ; ainsi le veut mon père !

» Tu m'as juré qu'un amour éternel

» Nous unirait au pied du sanctuaire.

» Viens répéter ce serment solennel,

» Sous l'œil du prêtre, à la face du ciel !

» — Je n'ai jamais promis cette alliance,

» Réplique Albert ; de mes nobles aïeux

» Qu'irriterait ton obscure naissance ,

» Puis-je offenser les mânes glorieux ?

» Je t'ai promis tendresse , amour sincère ;

» Et je suis prêt à tenir mon serment.

» Si pour époux mon piqueur peut te plaire ,

» Le comte Albert restera ton amant.

    » — Puisse l'enfer punir ta perfidie ,

» Vil suborneur , homme infâme et sans foi !

» Si ma naissance est indigne de toi ,

» De ton amour pourquoi m'as-tu flétrie ?

» Le déshonneur n'est-il fait que pour moi ?

» Va , chez les grands cherche un noble hyménée !

» A tes forfaits Dieu garde un juste prix.

» Par un valet ta couche profanée

» Me vengera de tes lâches mépris.

» Contre les murs du palais de tes pères

» Tu frapperas ce front déshonoré !

» Et de tes mains justement meurtrières

» Tu perceras ton cœur désespéré. »

    Elle se lève , et dans les champs s'élance ;

    Elle franchit les plaines , les forêts ;

Le sang jaillit de sa tête en démence ;
Ses pieds meurtris rougissent les marais.
« Où me cacher ? grand Dieu ! Dieu de clémence !
» J'ai tout perdu , le bonheur , l'espérance !
» Où donc irai-je ? où fuir mon déshonneur ? »
Elle revient au jardin du pasteur,
Pour y finir sa vie et sa souffrance.

Ses mains tremblaient ; sur le pré blanchissant
Ses pieds traçaient un long sillon de sang ;
Son front pâlit et ses genoux fléchissent ;
Elle succombe à la force du mal ,
Et va tomber dans le bosquet fatal.
Là, sans secours , les douleurs la saisissent ;
Et sur un lit de rameaux desséchés,
D'arbustes morts que la neige a cachés ,
Dans les tourmens d'une horrible torture,
Elle voit naître un fils !.... et dénouant
Ses blonds cheveux, innocente parure,
Elle en détache une épingle d'argent ;
Et, de son âme étouffant le murmure ,
Elle la plonge au cœur de son enfant.

Sur ses genoux expire la victime ;
De la raison la funeste lueur
Dans son esprit tout-à-coup se ranime :
Elle frissonne ; elle a compris son crime !
« Dieu ! qu'ai-je fait ? dit-elle , ô nuit d'horreur ! »
Et sur le bras qui servit sa fureur
Sa dent brûlante avec rage s'imprime.

Puis, étouffant sa plainte et ses regrets ,
Ne pleurant pas , muette d'épouvante,
Elle se baisse , et de sa main sanglante
Creuse une fosse aux bords du noir marais :
« Dors , mon enfant, dit-elle , dors en paix !
» Là ne viendra te chercher la misère.
» La honte , au moins, n'atteint pas les tombeaux ;
» Dors , mon enfant, repose ! et moi, ta mère ,
» Je servirai de pâture aux corbeaux. »

C'est en ce lieu qu'avec lenteur se traîne
Un jet de flamme, aux détours sinueux ;
Au sein des nuits sa lueur brille à peine ;
C'est aussi là , près du marais fangeux ,

Qu'est une place où la terre embrasée
Jamais ne s'ouvre à la fraîche rosée;
Et quand il passe en grondant sur ce lieu,
Le vent du nord devient souffle de feu.

Dans le jardin qui vit l'affreux supplice,
S'élève encor le funèbre édifice,
L'autel de mort, la *pierre du corbeau* *.
L'horrible roue y plane menaçante;
On voit encore au funeste poteau
Pendre une tête immobile et sanglante :
Ce fut Betty, la fille du pasteur.
Voilà, passant, sa joue au teint de rose!
Et sur la fosse où son enfant repose,
Son œil encor se fixe avec douleur.

---

* Autrefois les coupables étaient suppliciés en Allemagne aux lieux
où le crime avait été commis, et leurs corps restaient placés sur la
roue même où ils avaient expiré. Cette roue était élevée sur un poteau
qui passait par son axe et supportait la tête du cadavre.

Toutes les nuits , une pâle figure
Quitte la roue avec un long murmure,
Et du poteau s'échappe lentement ;
Après la flamme elle court pour l'éteindre ;
Ses froides mains s'allongent sans l'atteindre :
Poussant alors un sourd gémissement,
Elle remonte au triste monument.

LECTURE DE LA BIBLE

DANS UNE CHAUMIÈRE D'ÉCOSSE.

IMITÉ DE L'ANGLAIS, DE ROBERT BURNS.

LECTURE DE LA BIBLE

DANS UNE CHAUMIÈRE D'ÉCOSSE.

IMITÉ DE L'ANGLAIS, DE ROBERT BURNS *.

———◦◦◦———

O N se place en silence à l'entour du foyer,
Et tous les fronts, tournés vers le vieux métayer,

---

* Tiré du morcean intitulé : *Le Samedi soir du Métayer.* M. PHI-
LARÈTE CHASLES, couronné par l'Académie française pour l'Éloge de
de Thou, a traduit en prose les poésies de Burns. Il serait à désirer
qu'il publiât cette traduction, remarquable par la grâce, l'élégance et
le coloris.

Se couvrent de respect, de gravité sévère.

Le livre saint, ouvert sur les genoux du père,

Cède à ses larges doigts, par le soc endurcis,

Qui passent lentement sur les feuillets noircis.

Il découvre sa tête , et son mâle visage

Respire de nos monts la majesté sauvage.

On écoute.... il commence.... et l'assemblée en chœur

Répète autour de lui : « Célébrons le Seigneur ! »

Tout le toit retentit de leurs accens rustiques ;

Leur âme se marie à leurs pieux cantiques ,

Et jusqu'à l'Éternel monte l'hymne de paix.

Ce sont nos airs chéris, les vieux chants écossais,

Qu'a redits si souvent l'écho de nos montagnes ;

Chants mille fois plus chers à nos libres campagnes

Que les savans accords d'un luth efféminé ,

Dont la douce langueur charme un peuple enchaîné.

Heureuse dans ses fers , que l'Italie esclave

Élève un chant pompeux vers le ciel qui la brave !

C'est en disant les airs qu'ont aimés nos aïeux,

Que descend dans nos cœurs l'espoir religieux ;

C'est aux vieux souvenirs de gloire et de patrie,

Qu'un vœu pur et brûlant sort de l'âme attendrie ,

Et qu'à la fois rempli d'amour et de fierté ,

L'homme parle sans crainte à la divinité.

Ce vieillard dont la voix grave et majestueuse
Récite la prière à la foule pieuse,
Cet homme qui du ciel enseigne ici les lois,
Regardez! ce n'est plus un simple villageois!
Non, Dieu l'a revêtu d'un plus saint caractère :
L'âge a blanchi son front; il est époux et père;
Il prie, et le ciel brille en son œil inspiré;
C'est un prêtre, un pontife, et Dieu l'a consacré!

Dévotion sublime, élan d'une âme pure,
Que j'aime tes beautés, tes fêtes sans parure !
Religion touchante et d'amour et de foi,
Noble culte, ô combien pâlissent devant toi
Ces cultes de prestige, et de bruit et de foule,
Où d'un vain appareil la pompe se déroule,
Où le cœur un instant vers le ciel élancé
Veut en vain fuir la terre, et retombe glacé.
Comparez ces parfums et ces chants mercenaires
A ces hymnes du cœur, à ces simples prières,
Qui réveillent l'écho d'un rustique foyer,
Et que chantent sans art les fils du métayer.
Écosse, ô mon pays, voilà les nobles scènes
Qui décorent tes monts, encor vierges de chaînes !

Conserve tes vertus, ta naïve candeur;

Là résident tes droits, ta force, ta splendeur!

L'honneur, le dévoûment habitent tes chaumières!

Orne tes jours de paix de tes vertus guerrières!

Et que ton peuple, uni d'un lien fraternel,

Place sa liberté sous l'égide du ciel !

LA MUSE ALLEMANDE.

TRADUIT DE SCHILLER.

LA MUSE ALLEMANDE.

TRADUIT DE SCHILLER.

—◆◇◆—

Muse aux touchans transports, muse à la voix céleste,
Tu n'as point respiré l'air enivrant des cours
Tu n'as pas eu d'Auguste en ton berceau modeste ;
Nul roi, nul Médicis ne vint à ton secours !

De l'altier Frédéric * les dédains t'ont bannie ;
La voix du peuple seul répondit à ta voix.
Sois plein d'un noble orgueil , fils de la Germanie !
Ta gloire est ton ouvrage , et non celui des rois.

Aussi ton vers brûlant s'élance exempt d'entraves....
Du barde germanique entendez les concerts !
Sa lyre , écho de l'âme , et pauvre en chants esclaves ,
S'arrête où finit l'homme, où manque l'univers.

* Frédéric-le-Grand, connu par sa haine pour la littérature nationale.

LE ROI DU FEU.

BALLADE,

TRADUITE DE WALTER - SCOTT.

LE ROI DU FEU.

BALLADE,

TRADUITE DE WALTER - SCOTT.

I.

Preux chevaliers, et vous, mes nobles dames,
Je vais conter histoire du saint lieu ;
Ma harpe d'or dira le Roi du feu.
Mon chant guerrier s'adresse aux nobles âmes :
Je vais parler combats, amour et Dieu.

II.

Voyez là-bas , couronnant la colline,
Ce vieux château d'un comte souverain !
Un voyageur revient de Palestine ;
Les yeux en pleurs , voyez la jeune Albine ,
Interroger le pieux pélerin.

III.

« Bon étranger , parlez , quelle nouvelle
» Apportez-vous des soldats du Seigneur ?
» Avons-nous pris Solime à l'infidèle ?
» Que fait là-bas cette élite immortelle ,
» De nos guerriers l'espérance et la fleur ?

IV.

» — Le Musulman tombe et meurt sous leur lance ;
» Ramah , Naplouse, ont reconnu leurs lois ;
» Tout l'Orient pâlit de leurs exploits.
» Nos chevaliers (le ciel les récompense !)
» Sur le Liban vont arborer la croix. »

V.

Dans ses cheveux la jeune châtelaine
Avait passé l'or d'une longue chaîne ;
Elle la pose au cou du pèlerin.
« Prends, lui dit-elle ; un Dieu clément t'amène...
» Tu penseras à moi dans ton chemin.

V I.

» Mais.... dis encor.... tu viens de Palestine...
» Tu dois connaître un illustre guerrier.
» Devant la croix si le turban s'incline ,
» Un noble comte , Albert , mon chevalier ,
» A dû mourir ou vaincre le premier !

V I I.

» — Las ! noble dame , au souffle de l'automne ,
» Ces bois fleuris de deuil vont se couvrir ;
» Ce frais vallon va perdre sa couronne.
» Tout sur la terre , ainsi le ciel l'ordonne ,
» Brille un instant , et fleurit pour mourir.

VIII.

» — Ciel! dit Albine, immobile d'alarme ,
» Albert est mort ! — Non , il est prisonnier... »
Muette alors , elle se lève , s'arme ,
Prend une épée , un rapide coursier,
S'élance et part, cherchant son chevalier.

IX.

Perfide Albert ! une flamme parjure
Brûle en son cœur qu'a souillé l'imposture ;
Il adorait la fille du soudan,
Guerrier hautain, dont la bannière impure
Brave le Christ aux sommets du Liban.

X.

« Pour que l'amour à tes destins m'engage,
» Lui dit Fatmé , chrétien, voici ma loi :
» Il faut quitter et ton culte et ta foi.
» De ton amour je veux un premier gage :
» Il faut choisir ou du Christ ou de moi.

XI.

» Descends ensuite en la caverne sombre,
» Secret asile où du kourde pieux
» Brûle à jamais le feu mystérieux,
» Feu créateur !... Là, prosterné dans l'ombre ,
» Pendant trois nuits veille silencieux.

XII.

» Tu dois enfin , c'est le gage suprême,
» Tu dois combattre et chasser du saint lieu
» Ces vils chrétiens dont la bouche blasphème.
» Le comte Albert aura prouvé qu'il m'aime,
» En écrasant les fléaux de mon Dieu. »

XIII.

Albert succombe, et le crime s'achève.
Son noble front fléchit sous le turban ;
Son sein frémit sous le vert cafetan ;
Le lâche insulte à la croix de son glaive ,
Tant l'a séduit la fille du Liban !

XIV.

Mais la nuit vient ; son serment le réclame :
Il suit un guide, et du noir souterrain
S'ouvrent pour lui les cent grilles d'airain ;
Il veille... attend... et ne voit que la flamme
Qui sur l'autel jette un reflet lointain.

XV.

Rien n'a paru.... Les prêtres en colére
Du converti suspectent les sermens.
On l'examine, et sous ses vêtemens
Leur main se glisse, et découvre un rosaire,
Bientôt foulé sous leurs pieds insultans.

XVI.

Il redescend dans la caverne sainte ;
Toute la nuit il y veille sans crainte ;
Sur le Liban le vent souffle.... Il attend ;
Mais rien encor dans la magique enceinte,
Rien que l'autel, et la flamme et le vent.

XVII.

Des Ulémas redouble la colère.
Fatmé s'étonne... On cherche... on délibère ;
Soudain vingt cris s'échappent à-la-fois ;
Au sein d'Albert la main de son vieux père
Avait empreint le signe de la croix.

XVIII.

La croix s'efface, et Mahomet se venge.
Le renégat retourne au sombre lieu ;
Mais il entend une parole étrange ;
C'était, hélas ! la voix de son bon ange,
Qui le quittait et lui disait adieu.

XIX.

Son cœur frémit ; sa voix reste glacée :
Son pied recule... Il n'est plus Musulman.
Fatmé soudain revient à sa pensée ;
Le remords fuit de son âme insensée,
Tant l'a séduit la fille du Liban !

X X.

Sous les arceaux son pied s'engage à peine ,
Que tout-à-coup la voûte souterraine
Gronde et s'ébranle à l'approche du Dieu ;
Avec fureur l'Aquilon se déchaîne ;
Sur l'ouragan descend le Roi du feu.

X X I.

L'œil ne saurait supporter sa lumière ,
Ni de son corps mesurer la hauteur;
Sa voix mugit; son souffle est le tonnerre :
Albert sentit frémir son âme altière ;
Lui, qui jamais ne tremblait... , il eut peur !

X X I I.

Un glaive brille en sa main flamboyante.
« Prends, lui dit-il , cette arme étincelante,
» Et tu vaincras jusqu'au jour où ta voix
» Te trahira , dans ta foi chancelante,
» En invoquant et la Vierge et la croix. »

XXIII.

Albert, muet en sa terreur profonde,
En frémissant prend le glaive enchanté.
Son bras fléchit sous ce fer redouté.
Le feu pâlit sur l'autel..... le ciel gronde,
Et le dieu part, sur les vents emporté.

XXIV.

Albert revêt sa parricide armure ;
Son bras est fort, si son cœur est parjure ;
La croix succombe, elle cède au croissant,
Depuis le jour où, dans sa rage impure,
Contre son Dieu combat le mécréant.

XXV.

Le sang chrétien couvre au loin le rivage ;
L'eau du Jourdain se rougit du carnage,
Lorsqu'au Liban vinrent les Templiers,
Et de Sion le roi vaillant et sage,
Et de Saint-Jean les fiers Hospitaliers.

XXVI.

Des Musulmans résonnent les cymbales ;
On voit marcher nos phalanges rivales...
Terrible au Christ fut le choc du païen.
Albert triomphe , et ses armes fatales ,
Ivres de sang , cherchent le roi chrétien.

XXVII.

Il l'a trouvé !.. son épée infernale
Va renverser le monarque-soldat ;
Un page accourt , il suspend leur combat,
Et , protecteur de la tête royale ,
Fend le turban du farouche apostat.

XXVIII.

Albert pâlit ; il se trouble , il chancelle ;
Son front s'abaisse au pommeau de sa selle ;
Un cri , voilé par le bruit des tambours ,
Sort, malgré lui , de sa bouche infidèle ;
Il s'écria : *Notre-Dame , au secours !*

XXIX.

Au vœu chrétien de son âme alarmée,
Du dieu païen s'est émoussé le fer;
Il disparaît de sa main désarmée :
On vit, dit-on, une gerbe enflammée
Au Roi du feu le reporter dans l'air.

XXX.

Albert sourit d'une effroyable rage ;
Et de sa main le gantelet pesant
Dans la poussière étend le jeune page ;
Son casque roule, et montre sur la plage
Des cheveux blonds, un œil noir et mourant.

XXXI.

De l'apostat qui peindrait les souffrances ?
Il reconnaît ces longs cheveux sanglans,
Pleure et veut fuir !... Voilà que menaçans
Les Templiers accourent, et leurs lances
Vont s'abreuver du sang des Musulmans.

9

XXXII.

Le Sarrasin , le fier Ismaélite ,
Tout cède au choc de ces pieux guerriers ;
Tout fuit, tout meurt, chevaux et cavaliers :
Tel le cédron roule et se précipite ,
Tels s'avançaient les vaillans Templiers.

XXXIII.

Le combat cesse , et ta plaine est tranquille ,
Bethsaïda !... Quel est donc ce païen ?
Mort, il conserve un horrible maintien.
Quel est ce page , à ses pieds immobile ,
Et dont le front luit d'un espoir chrétien ?

XXXIV.

Du comte Albert c'était la noble dame.
On enterra sa dépouille en saint lieu ,
Et Notre-Dame en merci prit son âme.
Celle d'Albert , l'ennemi de son Dieu ,
Fut par les vents portée au Roi du feu.

XXXV.

Le ménestrel, sur sa harpe sonore,
Chantait ainsi la honte des faux dieux.
Il cesse enfin ses chants harmonieux,
Et de beaux yeux l'interrogeaient encore,
Tout arrosés de pleurs silencieux.

LES FURIES.

FABLE IMITÉE DE LESSING.

LES FURIES.

FABLE IMITÉE DE LESSING.

———⟨⟩———

« Il me faudrait d'autres Furies ;
» Les miennes ont besoin de repos, je le voi :
        » Le service les a vieillies,
» Les mettre à la réforme est un devoir pour moi.
» Pars donc, et cherche-moi trois femmes sur la terre,
» Qui puissent dignement remplir ce ministère. »

Ainsi parlait Pluton ; Mercure entend et part.

Or, peu de temps après, Junon, prenant à part

   La belle Iris, sa messagère,

Lui dit : « Il me faudrait trois filles de vertu,

   » De la vertu la plus sévère,

» Et chez qui le devoir n'ait jamais combattu.

» Je les veux sans défaut, chastes, sages, prudentes,

   » Enfin trois filles.... étonnantes !

  » Chez les mortels tu dois les rencontrer.

» Pars donc. Vénus me brave, et je veux lui montrer

» Qu'elle n'a point soumis, quoi qu'elle en puisse dire,

   » Tout notre sexe à son empire.

» Il te faudra du temps, je te donne six mois....

» Non point pour les trouver, mais pour fixer ton choix. »

   Iris part.... En quel coin du monde

Ne se dirigea pas sa course vagabonde ?

Vains efforts ! seule, hélas ! il fallut revenir !

« Quoi ! seule ! dit Junon ; corruption profonde !

» O pudeur ! ô vertu !.... Qu'allons-nous devenir ?

» — J'aurais pu, dit Iris, vous amener, Déesse,

» Trois filles dont le cœur fut toujours sans faiblesse,

» Trois filles sans défaut, pleines d'austérité,

   » D'une exemplaire chasteté,

» Dont la bouche jamais ne connut le sourire,

» Ni le cœur un tendre délire....

» Mais j'arrivais trop tard. — Et comment, dit Junon?

» Parlez, je ne puis vous comprendre.

» — Mercure pour Pluton était venu les prendre.

» — Que me dites-vous? pour Pluton!

» Trois filles de sagesse et de vertu pétries!

» Qu'en veut-il faire? — Des Furies. »

A MARILIE,

IMITÉ DE LA DIX-SEPTIÈME LYRE DE GONZAGA, POÈTE PORTUGAIS.

A MARILIE.

IMITÉ DE LA DIX-SEPTIÈME LYRE DE GONZAGA, POÈTE PORTUGAIS *.

Vois ce vieillard courbé sous le fardeau de l'âge ;
D'un bâton chancelant s'arme sa faible main.
Le temps peut-il encor lui garder quelqu'outrage,
Ce temps qui détruit tout, et la gloire et l'airain ?

* Gonzaga, que les troubles civils ont forcé de chercher un refuge au Brésil, est l'un des poètes portugais contemporains les plus distingués. Une élégante traduction en prose des poésies de Gonzaga, due à l'association de MM. *P. Chalas* et *de Monglave*, a paru, il y a quelques années, chez M. Panckoucke. (Un vol. in-16.)

L'âge éteint de ses yeux la lumière expirante.
Son corps tremble ; la neige a couvert ses cheveux.
En lui tout meurt, sa force et cette âme brûlante,
Et cet esprit si vif, brillant reflet des cieux.

Un pareil sort m'attend ; le poids des ans m'assiége,
Et déjà de ma vie a pâli le flambeau ;
Et bientôt vont venir ces maux, triste cortège,
Qui pour terme ont la mort, pour espoir le tombeau.

Mais du moins tu me suis ! Mais du moins ma vieillesse
D'un insensible appui bravera le secours.
Tu sauras par tes soins ranimer ma faiblesse ;
Ta main, ta blanche main soutiendra mes vieux jours.

Le soir, quand au repos la fraîcheur nous invite,
Nous foulerons l'émail de ce modeste champ,
Et tu me chercheras un agréable site,
Où je puisse m'asseoir sous le soleil couchant.

Puis, te montrant du doigt la campagne voisine,
Appelant tes regards aux côteaux d'alentour,
Je te dirai : « Vois-tu cette verte colline,
» Où notre âme échangea les premiers mots d'amour ? »

A ces doux souvenirs, à ces tendres pensées,
Des larmes trahiront nos muettes douleurs ;
Et long-temps suspendue à mes lèvres glacées,
Ta main, ta blanche main voudra sécher mes pleurs.

C'est ainsi que, des ans bravant la rude atteinte,
J'attendrai le moment qui m'ouvrira les cieux ;
« Elle est là, » me dirai-je, et je mourrai sans plainte,
En pensant que ta main me fermera les yeux.

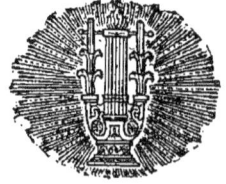

LA MORT DU KLEPHTE.

IMITÉ DU GREC MODERNE.

LA MORT DU KLEPHTE.

IMITÉ DU GREC MODERNE [*].

—◦◦◦—

J'avais quitté ma tente une heure avant le jour ;
      Du sommeil craignant le retour,
      Je puisais l'eau de la fontaine,
Pour rafraîchir mes yeux qui s'entr'ouvraient à peine,

* *Chansons grecques* recueillies par M. FAURIEL. (Chants histori-
ques, XI.)

10..

Quand soudain j'entendis de sourds gémissemens
Qui se mêlaient plaintifs au murmure des vents.

Vers le bruit je m'élance.... O tableau d'épouvante !
Nos Klephtes gémissaient sur leur chef expirant ;
Ils arrachaient le fer de sa chair palpitante ,
Et, penchés tous vers lui, s'écriaient en pleurant :

« Lève-toi , voici l'heure , Ulysse !
» Dans quel profond sommeil sont plongés tous tes sens ?
» Voici la sanglante milice !
» L'étendard des visirs , l'étendard des sultans. »

LE KLEPHTE.

« Que vous dirai-je , mes enfans ?
» Mortelle est ma blessure , et ma tête brûlante....
» Tendez-moi votre main, que je me lève.... O Dieux !
» Je ne puis.... Soutenez ma tête défaillante...
» Que je me tienne assis pour voir encor les cieux !

» Apportez du vin doux, enfans, que je m'enivre,
» Et que je dise encor de plaintives chansons !
» Mais non... Soulevez-moi : marchez, je veux vous suivre
» A travers les torrens, sur le sommet des monts. »

De sa bouche, à ces mots, sort un faible murmure....
Son front pâle s'affaisse.... Il semble s'assoupir ;
Il frémit, et son âme, avec un long soupir,
S'échappe en flots de sang de sa large blessure.

MÉLODIE.

IMITÉ DE THOMAS MOORE.

MÉLODIE.

IMITÉ DE THOMAS MOORE[*].

————◁●▷————

Sɪ je perdais aussi ta voix et ton sourire,
Je pleurerais alors tous mes désirs trompés,
Et mes jours languissans d'où l'espoir se retire ,
Et tous les biens du monde à mes vœux échappés.

[*] *Mélodies irlandaises* , X.

Maîs tant que sur mon front ton doux regard s'arrête ,
Et qu'en pressant le mien bondit ton cœur joyeux,
Aucun nuage, Anna, ne plane sur ma tête,
Et ma nuit se dissipe au flambeau de tes yeux.

Que m'importe le sort? En toi seule est ma vie ;
Avec toi point de maux, point de bonheur sans toi.
Un siècle de plaisir vaut-il, ô mon amie,
Le rêve d'un instant qui m'approche de toi ?

Ne nous séparons plus ! Et quoique l'espérance ,
O mon ange, ait cessé d'éclairer mon chemin ,
Marchons sans ses rayons, marchons en confiance ,
Et traversons la vie en nous donnant la main.

Une flamme plus pure, une clarté plus belle ,
Luiront sur le sentier qu'il me reste à franchir.
Anna, c'est ton sourire et cette âme immortelle
Qui m'anime , m'embrase et ne veut pas fléchir.

Ainsi, lorsque s'éteint la lampe, faible guide
Qui soutient dans la nuit les pas du voyageur,
Il s'arrête, il frissonne, et d'un regard avide,
Sur la route inconnue il cherche une lueur.

Mais bientôt s'assurant dans sa marche incertaine,
De la nuit radieuse il voit briller les feux ;
Heureux de découvrir que nulle flamme humaine
Ne vaut pour nous le jour qui nous descend des cieux.

LE CHEVAL ET L'ÉCUREUIL.

FABLE

TRADUITE DE L'ESPAGNOL D'YRIARTE.

LE CHEVAL ET L'ÉCUREUIL.

FABLE

TRADUITE DE L'ESPAGNOL D'YRIARTE *.

———⬥———

Docile au frein qui guide son audace ,
 Un fier coursier s'en allait bondissant;
Sur le sable son pied laisse à peine une trace.
Un écureuil l'accoste, et lui dit en passant :

---

* Célèbre poëte espagnol, mort au commencement de ce siècle. Outre des fables pleines de finesse et de sel, on a de lui des *Épîtres*, des *Comédies* et des Traductions, parmi lesquelles on distingue celles de *l'Art poétique* d'Horace, du *Philosophe marié* et de *l'Orphelin de la Chine*.

« Beau sire , en vérité , j'admire ton adresse ,

   » Ton pied léger, ta grâce , ta souplesse ;

     » Mais j'en sais faire autant que toi :

     » Soir et matin, à perdre haleine ,

     » Je m'agite , je me démène ,

» Sans repos je travaille, et c'est un jeu pour moi. »

Du petit animal , respectant la folie ,

Le cheval lui répond d'un air de courtoisie :

  « Que mon maître à ses lois soumette ma fierté ,

  » Il s'en fait gloire , honneur : son éloge m'anime ;

  » Il reconnaît mes soins, et ma docilité

  » Aime à faire pour lui des efforts qu'il estime.

  » Mais que pour toi , perdant et ton temps et tes pas ,

     » Sur tes petits pieds tu bondisses;

  » Que tu tournes sans cesse , au gré de tes caprices ;

  » De tout cela , dis-moi, que sort-il ? Du fracas. »

Sans peine on concevra le travers que je fronde.

Sans but pourquoi courir ou noircir du papier ?....

    On trouve, hélas ! dans ce bas monde,

    Mille écureuils pour un coursier !

VERS

SUR LA STATUE DE LA NUIT

DE MICHEL-ANGE,

TRADUITS DE J.-B. STROZZI;

ET

RÉPONSE DE MICHEL - ANGE

AU NOM DE LA STATUE.

11

VERS

SUR LA STATUE DE LA NUIT *,

TRADUITS DE J.-B. STROZZI **.

———⟫◦⟪———

CETTE Nuit, du ciseau glorieuse merveille,
Du sein de la matière un Ange la tira.
Vois quel mol abandon ! Elle vit et sommeille.
Éveille-la, passant ; elle te parlera.

* L'un des chefs-d'œuvre de Michel-Ange.
** Célèbre poète italien du 16e. siècle.

11..

RÉPONSE DE MICHEL-ANGE

AU NOM DE LA STATUE.

Il m'est doux de dormir, d'être un marbre sans vie,
Dans ces temps de malheurs, d'opprobre et d'attentats.
Pourquoi vivre à l'aspect des maux de la patrie ?
Laisse-moi mon sommeil.... Il m'est cher... Parle bas !

LE PERSAN, LE SOLEIL ET LE NUAGE.

FABLE

TRADUITE DE L'ANGLAIS, DE GAY.

LE PERSAN, LE SOLEIL ET LE NUAGE.

FABLE

TRADUITE DE L'ANGLAIS, DE GAY.

———◦◦◦———

LE soleil se levait : d'une ardente prière
Un Persan saluait sa féconde lumière.
« O soleil, disait-il, astre aux divins rayons,
» Qui du ciel bienfaisant nous dispenses les dons,

» Accepte notre hommage, et, propice à la terre,

» Sous tes feux protecteurs fais jaillir nos moissons! »

Un nuage, irrité de sa reconnaissance,

Répandit sur le ciel, qu'attrista sa présence,

      Une soudaine obscurité.

Une voix sort alors du nuage et s'écrie :

« Eh! quoi, c'est le soleil qu'un homme adore et prie!

      » Voilà donc sa divinité!

» O mortel! ce vain Dieu que cherche ton hommage,

» Vois-tu comme à mon gré je voile son image ?

» Vois-tu lutter en vain ses rayons expirans?

» C'est à moi, son vainqueur, qu'appartient ton encens.

» — N'insulte pas ce Dieu devant qui je m'incline,

» Nuage immonde, éclos de sa chaleur divine,

» Répondit le Persan, dans son pieux courroux;

» C'est lui qui t'éleva de la terre fangeuse,

» Et te fit partager la voûte lumineuse

      » Qui nous éclaire tous!

» Quand sa clarté se voile à ton ombre livide,

» La honte est pour toi seul, et la gloire est pour lui.

» Le zéphir en passant chasse ta nuit perfide,

» Et de nouveau sur nous l'astre immortel a lui. »

Il dit; soudain s'élève une brise légère;
Le nuage s'enfuit, triste jouet des vents;
L'astre divin se montre, éclatant de lumière....
Ainsi l'envie expire en ses vœux impuissans.

L'ESPOIR.

IMITÉ DE JEAN KOLLAR, POÈTE NATIONAL DE LA BOHÈME.

L'ESPOIR.

IMITÉ DE JEAN KOLLAR*, POÈTE NATIONAL DE LA BOHÊME.

———◦◦———

Sɪ près de nous dort notre amie,
Si dans ses regards abattus

---

* Auteur de *la Fille de Slawa*, recueil de poésies slaves, publié à
Prague en 1824. Un article plein d'intérêt sur la littérature et la poésie
de la Bohême a paru dans la *Revue britannique* (nᵒ. de mai 1828).

Pour un instant s'éteint la vie,
Devons-nous dire ! *Elle n'est plus ?*
Non ; tout se renouvelle au monde.
Cette terre, aux tristes sillons,
Le soleil la rendra féconde.....
Attendons, amis, et veillons !

Le temps fuit ; les siècles s'écoulent ;
On voit sur un peuple au tombeau
S'élever un peuple nouveau,
Au bruit des trônes qui s'écroulent ;
L'avenir, qui semblait lointain,
Grandit tout-à-coup, nous éveille,
Et fait du rêve de la veille
La vérité du lendemain.

Pleins de force et de confiance,
Embellissons notre avenir
Du prestige de l'espérance,
De la fierté du souvenir.

Bravons le sort qui nous opprime !
Que nos jours, aux pâles rayons,
S'éclairent d'un passé sublime !....
Attendons, amis, et veillons !

RÊVERIE.

IMITÉ DE THOMAS MOORE.

RÊVERIE.

IMITÉ DE THOMAS MOORE *.

———

Le soleil du matin répandait sa lumière ,
Et je vis sur la plage une barque légère ,
    Qui mollement se balançait.
Je revins quand la nuit descendait sur la rive;
L'humble barque était là ; mais l'onde fugitive
    Loin de mes yeux disparaissait.

* *Mélodies irlandaises*, LXVII.

12..

Tel est l'espoir de l'homme au matin de la vie ;
L'illusion riante au bonheur le convie ;
    Sur l'abîme il plane entraîné.
Puis lorsque vient le soir, ramené sur la terre,
Le flot qui le portait le laisse solitaire
    Sur le rivage abandonné.

Ah ! ne me parlez pas de ces lueurs timides,
Qui parent le déclin de nos jours trop rapides,
    Ou que la nuit laisse entrevoir.
Rendez-moi le matin, rendez-moi ses nuages !
J'aime mieux mille fois son jour mêlé d'orages,
    Que la pâle clarté du soir.

LA CONSOLATION.

LÉTRILLE ESPAGNOLE.

LA CONSOLATION.

LÉTRILLE ESPAGNOLE*.

———◁━▷———

Dₐₙₛ l'asile solitaire ,
Où je pleure sans repos ,

* *Espagne poétique*, de don Juan Maury (tom. 2). Ce morceau,
qui nous semble remarquable par la grâce et la naïveté, est une chan-
son populaire dont l'auteur n'est pas connu.

Je n'ai , dans ma peine amère ,
Pour remède que mes maux :
Vos yeux m'ont lancé leur flamme,
Et ne m'ont rien accordé ;
Mais un bien reste à mon âme ,
Car vous m'avez regardé !

L'affreux tourment qui m'accable ,
Lorsque je perds tout espoir ,
Zeïda , n'est point comparable
A l'ivresse de vous voir.
Si mon œil en pleurs atteste
Qu'on ne m'a rien accordé ,
Un bonheur du moins me reste ,
Car vous m'avez regardé !

Dois-je expier mon offense
Par un cruel abandon ?
Ce cœur est-il sans clémence ?
Ces yeux sont-ils sans pardon ?

Désespoir, larmes, prières,
A vos rigueurs ont cédé.
Mais il me reste un salaire,
Car vous m'avez regardé !

PRIÈRE UNIVERSELLE,

TRADUITE DE POPE.

PRIÈRE UNIVERSELLE,

TRADUITE DE POPE.

———⊶⊷———

DEO OPTIMO MAXIMO.

Dᴵᴱᵁ de tous les climats, de tout temps, de tout âge,
Toi, qui nous créas tous, toi qu'adore à-la-fois
L'esprit du philosophe et le cœur du sauvage,
Jehovah, Jupiter, Seigneur, Dieu, Roi des rois !

De ce monde éternel père et souverain maître,
Être si peu compris, et dont la volonté
    Borna ma science à connaître
    Mon ignorance et ta bonté!

Qui pourtant à mes yeux, dans cette route obscure,
Sur le mal et le bien fais luire la clarté,
Et sous les lois du sort enchaînant la nature,
A l'humaine raison laisses sa liberté!

Ce qu'à mon faible cœur prescrit ma conscience,
Qu'avec amour, grand Dieu, je m'y sente porter!
    Fais que je fuie avec constance
    Ce qu'elle m'apprend d'éviter!

Fais que toujours soumis, lorsque ta voix ordonne,
J'accepte tous les dons que tu voudrais m'offrir;
Car la main qui reçoit bénit la main qui donne:
Jouir de tes bienfaits, c'est encore obéir.

Empêche, qu'entouré de ténèbres profondes,
Je borne à cette terre et ta gloire et ta loi,
    A l'aspect des milliers de mondes
    Qui rayonnent autour de toi !

Empêche aussi, grand Dieu, qu'au gré de mon caprice
Je lance imprudemment tes foudres immortels,
Et que mes préjugés, remplaçant ta justice,
M'arment d'un fer sanglant pour venger tes autels.

Si dans le droit sentier je m'avance timide,
Daigne affermir mon âme et mes pas incertains !
    Si je m'égare, sois mon guide ;
    Montre-moi de meilleurs chemins !

Si tu versas sur moi tes biens avec largesse,
Préserve mon esprit d'un orgueil insensé ;
S'il en est qu'à mes vœux refusa ta sagesse,
D'un coupable courroux sauve mon cœur blessé !

Apprends-moi la pitié! que ma douce assistance
Prête un voile à l'erreur, au malheur un appui !
  A mes fautes rends l'indulgence
  Que j'apporte aux erreurs d'autrui !

Qu'en ce lieu de passage où tes lois me retiennent,
Je trouve un peu de pain et la tranquillité !
Pour tes autres bienfaits, tu sais s'ils me conviennent;
Et que soit faite en tout ta sainte volonté !

Que l'univers immense , uni par la prière ,
Te salue à-la-fois d'hymnes reconnaissans !
  Ton temple est la nature entière ;
  Tous ses parfums sont ton encens.

PREMIER ACTE

DE

DON CARLOS.

TRADUIT DE SCHILLER.

PERSONNAGES.

PHILIPPE II, ROI D'ESPAGNE.

ELISABETH DE VALOIS, SA FEMME.

DON CARLOS, PRINCE ROYAL.

LE MARQUIS DE POSA, CHEVALIER DE MALTE.

LE DUC D'ALBE.

LE COMTE DE LERME, COMMANDANT DES GARDES.

DOMINGO, CONFESSEUR.

LA DUCHESSE D'OLIVARÈS, GRANDE MAÎTRESSE DE
LA COUR.

LA PRINCESSE D'EBOLI,

LA MARQUISE DE MONDÉJAR, } DAMES DE LA REINE.

PREMIER ACTE

DE

DON CARLOS,

TRAGÉDIE DE SCHILLER.

SCÈNE PREMIÈRE.

Les jardins du palais d'Aranjuez.

DON CARLOS, DOMINGO.

DOMINGO.

Vous savez qu'aujourd'hui nous quittons ce séjour;
Et Madrid en ses murs va recevoir la cour,
Sans que de ces beaux lieux la paix enchanteresse
Ait pu rendre le calme au cœur de Votre Altesse.

Rompez ce long silence... Ah! Seigneur, à quel prix
Philippe achèterait le repos de son fils?
Ouvrez-vous sans détour au cœur de votre père!
Auriez-vous quelque vœu qu'il puisse satisfaire?
Comblé de tous les dons que dispense le Ciel,
Qui peut couvrir vos jours de ce deuil éternel?
Seigneur, j'étais présent, lorsqu'entouré de princes
Qui venaient saluer le roi de leurs provinces,
A Tolède, au milieu de l'éclat souverain,
Vous leur tendiez, superbe, une royale main.
Oui, Carlos, à vos pieds je voyais six empires,
Et de loin j'observais vos dédaigneux sourires.
Votre front s'enflammait d'une vive rougeur;
Le feu de l'héroïsme embrasait votre cœur;
Et vos yeux, tout remplis d'une orgueilleuse ivresse,
Sur cette cour de rois tombaient avec noblesse.
On pouvait lire alors, en ce regard joyeux,
Que Carlos n'avait rien à demander aux cieux.
Quel changement, grand Dieu!... Muette et solennelle,
Votre douleur est sourde à la voix paternelle;
Des maux que vous cachez Philippe est déchiré;
Et souvent, en secret, la reine en a pleuré.

CARLOS, *se retournant avec vivacité.*

Elisabeth!... O ciel! Non, ma douleur amère
Ne peut lui pardonner d'en avoir fait ma mère!

DOMINGO, *surpris.*

Ah! prince!

CARLOS, *se remettant, et portant la main à son front.*

Excusez-moi!... Les liens maternels
Ne m'ont encor causé que des regrets cruels.
Carlos au sein des pleurs a reçu la lumière...
En arrivant au jour, j'ai fait périr ma mère.

DOMINGO.

Seigneur!

CARLOS.

Cette autre femme, idole de la cour,
De Philippe à jamais va me ravir l'amour.
Il l'adore... Une fille a resserré leur chaîne;
Et moi, qu'il dédaignait, moi qu'il aimait à peine,

Malgré le nom de fils, de son unique enfant,
Pour lui, répondez-moi, que serai-je à présent?
A ce cruel penser ma douleur se réveille.
Dans le sombre avenir qui sait ce qui sommeille?

DOMINGO.

Prince, vous vous jouez de l'esprit d'un vieillard...
Quoi! cette Elisabeth, dont tout cherche un regard,
Qui fait à l'Espagnol chérir le nom de reine,
Pourrait à don Carlos inspirer quelque haine!
Tout en elle séduit: l'éclat de sa beauté
D'un charme tout nouveau pare la royauté.
Un seul homme la craint, la voit avec colère;
Et ce serait Carlos!... Il redoute une mère,
Celle qui fut promise à son premier amour,
Et qu'il devait payer du plus tendre retour.
Pardonnez-moi, Seigneur! Non, je ne puis vous croire...
Si pourtant du passé rejetant la mémoire,
Vous pouviez la haïr... Cachez-lui ce secret!
Elle est femme; elle est mère, et son cœur gémirait.

CARLOS, *le regardant d'un œil fixe et pénétrant.*

Le pensez-vous?

DOMINGO.

Vous seul doutez de sa tendresse.
N'êtes-vous point pour elle un fils? Que Votre Altesse
Se rappelle Tolède, et le dernier tournoi,
Où d'un éclat de lance on atteignit le roi.
Au balcon du palais la reine était placée ;
Elle voit tout-à-coup une foule empressée...
On court... On se consulte... Et la sourde rumeur
Au sein d'Elisabeth a jeté la terreur.
On parle d'un blessé, du prince... Elle s'agite.
De l'accident fatal confusément instruite,
Eperdue, elle veut s'élancer du balcon :
« Carlos blessé ! grand Dieu ! — C'est le roi, lui dit-on. »
Son front, qu'avait couvert une pâleur mortelle,
Rougit alors... « Qu'on cherche un médecin », dit-elle.

(Après une pause.)

Mais qu'avez-vous, Seigneur? Votre regard pensif...
Vous semblez inquiet...

CARLOS.

Non ; je suis attentif.
Du confesseur du roi j'écoute les paroles;
J'admire son talent pour les récits frivoles.

(D'un ton plus sévère.)

Toutefois, qu'il reçoive un avis important :
Le fer des assassins (on me l'a dit souvent)
A causé moins de pleurs, est moins fatal au monde,
Que la lâche imposture, en discordes féconde,
Que ces honteux suppôts, ces vils observateurs,
A la voix corruptrice, aux regards délateurs...
Vous perdez, avec moi, vos soins et votre adresse.
Je vois qu'à mes chagrins Domingo s'intéresse;
D'avoir un tel ami je serais trop heureux,
Mais je ne puis répondre à ces soins généreux.
Allez au roi; lui seul pourra les reconnaître...

DOMINGO.

Seigneur, dans un ami ne voyez pas un traître.
Je vous suis dévoué.

CARLOS.

Cachez donc ce secret !
Ne compromettez pas un plus cher intérêt !
Ne vous condamnez pas à l'obscure prêtrise...

DOMINGO, *interdit.*

Quoi!

CARLOS.

L'on vous a promis les grandeurs de l'Église!

DOMINGO.

Prince, vous me raillez.

CARLOS.

Me préserve le Ciel
De railler l'homme saint dont l'arrêt solennel
De l'enfer à son gré peut allumer la flamme,
Et d'un roi, son sujet, damner ou sauver l'âme!

DOMINGO.

Prince, rassurez-vous... Mon regard indiscret
Ne veut point de vos maux pénétrer le secret.
Seulement qu'aujourd'hui don Carlos se souvienne
Que l'Église aux douleurs de toute âme chrétienne

Offre un secret refuge, où le sceau de la croix
Dérobe les péchés, même aux regards des rois...
Mais j'en ai dit assez, Prince, et je dois me taire !

CARLOS.

Loin de moi de tenter le saint dépositaire !
Je craindrais trop pour lui.

DOMINGO.

Je vois avec douleur
Que vous méconnaissez un tendre serviteur,
L'ami le plus fidèle...

CARLOS.

Eh bien ! cessez de l'être !
Vous êtes à Philippe, et c'est assez d'un maître.
Conservez votre zèle au roi qui l'a payé,
Et retournez vers ceux qui vous ont envoyé !

DOMINGO.

Envoyé !

CARLOS.

Je l'ai dit, je le répète encore ;
Votre bassesse en vain d'un masque se colore ;
Je la découvre... Ici tout est faux, mensonger ;
Dans un abîme affreux vous voulez me plonger.
Philippe autour de moi redouble les entraves ;
Il m'enchaîne, il me livre à ses plus vils esclaves !
Un regard, un seul mot qui peut m'être surpris,
De sa royale main reçoit un plus beau prix
Que n'en obtint jamais un glorieux service !
On veut à ses soupçons m'offrir en sacrifice...
Ne vous disculpez pas... Oui, par l'ordre du roi
Des regards achetés veillent partout sur moi...
Taisons-nous ! Etouffons cette amère pensée !
Sous le poids du malheur mon âme est oppressée.

DOMINGO, *après une pause.*

Prince, déjà le roi prépare son retour.
Nous partons pour Madrid.

CARLOS.

Je rejoindrai la cour.

Allez, je suis vos pas.

(Domingo sort. Après un moment de silence, Carlos continue.)

　　　　　Eh bien ! malheureux père,

Le soupçon t'a blessé de sa morsure amère...

Me connaître, à tes yeux, c'est le suprême bien !

Si tu lis dans mon cœur, l'enfer est dans le tien !

SCÈNE II.

CARLOS, LE MARQUIS DE POSA.

POSA, *accourant.*

Cher Carlos, est-ce toi ?

CARLOS, *l'embrassant.*

Rodrigue !... Ah ! providence,

Tu m'as enfin rendu mon compagnon d'enfance.
Posa, je te revois! je presse encor ta main;
C'est bien toi qu'aujourd'hui je serre sur mon sein !...
J'invoquais, sans espoir, ton amitié fidèle...
Un ange t'a conduit des remparts de Bruxelle.
Un ami, c'est un dieu qui rend la paix au cœur!
Pour un infortuné c'est presque le bonheur.

POSA.

Oui, cher Prince, vers vous c'est le ciel qui m'envoie !
Posa, n'en doutez pas, partage votre joie...
Mais quoique je retrouve un frère sur ces bords,
Je ne puis, sans effroi, répondre à vos transports...
Quel changement, Carlos! Sur vos lèvres tremblantes
Je vois d'un sang fiévreux les empreintes brûlantes;
Et vos traits altérés, que couvre la pâleur,
S'enflamment, par momens, d'une étrange rougeur...
N'êtes-vous plus ce prince aux vertus magnanimes,
Vers lequel me députe un peuple de victimes,
Un peuple de héros qui languit dans les fers?
N'êtes-vous plus ce prince, espoir de l'univers?
Écoute... ce n'est plus l'ami de ton jeune âge,
Qui, pour te voir encore, entreprit ce voyage...

Infant, lève les yeux ! Regarde à ton côté
L'ambassadeur du monde et de l'humanité !...
Cher prince, cher Carlos ; oui, c'est la Flandre entière
Qui vient vous confier sa honte et sa misère,
Qui demande un vengeur, qui gémit devant vous,
Et qui de la sauver vous conjure à genoux.
C'en est fait des destins de ce peuple héroïque,
Si d'Albe le soumet à son bras despotique,
S'il entre dans Bruxelle avec ses Castillans,
Ses juges, ses bourreaux et ses prêtres sanglans !
Vous, leur dernier soutien, leur unique espérance,
Des généreux Flamands sauvez l'indépendance !...
Si votre cœur encor bat pour l'humanité,
Sauvez-les... ou du monde a fui la liberté !

CARLOS.

Si de mon bras dépend le salut de la Flandre,
Elle n'est plus !... Carlos ne peut rien entreprendre.
Les regrets du passé sont hélas ! superflus !

POSA.

Qu'entends-je !

CARLOS.

O mon ami, mes beaux jours ne sont plus !

Il vécut un Carlos dont l'âme généreuse

Dans ses rêves brillans rêvait l'Espagne heureuse ;

Dont le sang boullonnait au nom de liberté,

Qui, rempli d'un rayon de la Divinité,

Voulait à pleines mains verser sur sa patrie

La force et la beauté d'une nouvelle vie !

Ce Carlos, dans la tombe est déjà descendu ;

A son premier néant le destin l'a rendu !

Ils sont évanouis tous ces brillans mensonges !

C'en est fait...

POSA.

Quoi ! Carlos, ce n'étaient que des songes !

Le rêve est dissipé... j'ai perdu mon espoir ;

C'est un homme, un héros que je comptais revoir.

CARLOS.

Oh ! laisse-moi pleurer, toi, mon bien ; toi, mon frère !

Aussi loin que s'étend le sceptre de mon père,

Aussi loin que les flots portent nos bataillons,

Et que sur l'Océan flottent nos pavillons,

Je n'ai pas un ami ; Posa, je n'ai personne !...

Dans ce vaste désert qui partout m'environne,

Je n'ai pas une place ouverte à ma douleur,

Et je ne puis pleurer, Posa, que sur ton cœur!

Oh! ne m'en chasse pas!

(Le Marquis se penche sur lui avec attendrissement.)

                        Au nom de mes souffrances,

Au nom de tes vertus... et de nos espérances,

Sois toujours mon appui! songe à mes premiers ans!

Tu répandis la paix sur mes jours languissans.

J'implorai ton secours, et ta main fit l'aumône

Au royal orphelin délaissé près du trône.

Pour père, pour ami, je n'ai connu que toi,

Et je sais seulement que je descends d'un roi.

Cher Posa, si toi seul ici-bas peux m'entendre,

Si le ciel t'a créé pour m'aimer, me comprendre,

Pour deviner les vœux, les besoins de mon cœur;

Si dans mes yeux éteints un rayon de bonheur

A pour toi plus de prix que la grandeur suprême;

Si ton Carlos t'est cher...

                       POSA , *avec feu.*

                       Plus cher que le jour même!

CARLOS.

Je suis tombé si bas, je suis si malheureux,
Posa, que mon esprit se reporte joyeux
A ces jours de l'enfance où ma voix suppliante
T'arracha le serment d'une amitié constante...
Long-temps j'avais senti, plein d'un trouble secret,
Que toujours mon esprit près du tien pâlirait;
Je résolus enfin, sans plainte, sans murmure,
Ne pouvant t'égaler, de t'aimer sans mesure.
Mais repoussant d'abord mon amour fraternel,
Ta fierté m'accabla de son dédain cruel...
Je craignais et pourtant cherchais tes yeux sévères.
Te peindrais-je ma honte et mes larmes amères,
Lorsque, me dédaignant sous mes habits royaux,
Tu pressais dans tes bras des enfans tes égaux ?
« Eux seulement ! » disais-je en ma sombre tristesse;
Et toi, glaçant d'un mot ma naïve caresse,
Fléchissant froidement le genou devant moi,
« C'est ainsi, disais-tu, qu'on aime un fils de roi. »

POSA.

Laissez ces souvenirs...

14

CARLOS.

Moi, qui t'aimais en frère,
Je ne méritais pas ce traitement sévère !
Mais mon zèle obstiné s'attachait à tes jours,
Et toujours repoussé, je revenais toujours.
Je savais tout braver, fierté, dédain, colère ;
Mais devant tes mépris expirait ma prière.
Le hasard plus puissant vint accomplir mes vœux.
Un jour, il arriva que ta balle, en nos jeux,
Alla frapper au front la reine de Bohême * ;
Elle n'écoute rien dans son orgueil extrême,
Elle veut que du crime on trouve les auteurs,
Et court auprès du roi s'en plaindre tout en pleurs.
A l'instant du palais rassemblant la jeunesse,
Philippe l'interroge, et devant la grandesse
Il jura, courroucé, qu'un juste châtiment
Punirait aussitôt cet outrage insolent ;
Que la peine serait solennelle, exemplaire,
Et que même son fils ne pourrait s'y soustraire.
En ce moment, sur toi je portai mon regard ;
Tu te tenais pensif, interdit, à l'écart.

* Taute de don Carlos.

Je ne balance plus!... vers le roi je m'élance;
Je me jette à ses pieds... « Accomplis ta sentence,
» M'écriai-je, c'est moi, c'est moi qu'il faut punir!
» Le coupable est ton fils... »

POSA.

Prince, quel souvenir!

CARLOS.

Devant toute la cour le roi tint sa menace;
Je me sentis saisir... Fier et bouillant d'audace,
Je redoutais la honte à l'égal du trépas;
Mais je te regardais, et je ne pleurais pas.
Ma chair se déchira sous la verge sanglante...
Tout mon corps frémissait sous la douleur poignante;
Dans mon sein se livraient de terribles combats;
Mais je te regardais, et je ne pleurais pas...
Tu t'approches de moi, tu tombes et tu pleures;
Long-temps presque sans vie à mes pieds tu demeures.
« Je cède, me dis-tu, Carlos, embrasse-moi !
» Oui, je m'acquitterai, lorsque tu seras roi! »

14..

POSA, *lui prenant la main.*

Ce serment de l'enfant, l'homme le renouvelle.
Est-ce mon tour enfin ?

CARLOS.

Oui, ton Carlos t'appelle !
Posa, voici l'instant... J'ai besoin d'amitié...
Un effrayant secret... Promets-moi ta pitié !
Oui, je veux rompre enfin cet horrible silence...
Sur ton front pâlissant je lirai ma sentence...
Frémis, Rodrigue, écarte un monstre de tes bras !
J'aime ma mère !

POSA.

O Dieu !

CARLOS.

Non, ne m'épargne pas !
Va, dis-moi que j'outrage et le ciel et la terre ;
Dis que je foule aux pieds la nature et mon père ;
Que cette route horrible, où s'engagent mes pas,
Conduit à la folie, à l'inceste, au trépas ;

Que je me livre enfin au courroux de Dieu même!...
Je le vois, je le sais, je le comprends... et j'aime!

POSA.

La reine a-t-elle appris ce mystère fatal?

CARLOS.

Eh! ne connais-tu pas l'isolement royal
Qui sépare en ces lieux et le fils et la mère?
Environné partout des regards de mon père,
Depuis huit mois entiers que j'habite la cour,
Le destin me condamne à la voir chaque jour,
A l'entendre... à rester muet comme une tombe!
Dans ce silence affreux je m'éteins, je succombe.
Ce funeste secret, prêt à se découvrir,
Est venu, mille fois, sur mes lèvres mourir,
Et rentra dans mon sein, que glaçait l'épouvante.
Viens au secours, Posa, de mon âme expirante!
Ne me refuse pas! que je puisse un instant
Parler seul à la reine, et je mourrai content!

POSA.

Que me demandez-vous, Carlos? Et votre père?

CARLOS.

Ah! ne le nomme pas! Plus vive et plus amère,
Dans mon âme, à ce nom, s'agite ma douleur.
Pour ramener Carlos, cherche une autre terreur!
Des hommes et du ciel montre-moi la colère!
Parle-moi de remords, et non point de mon père!

POSA.

Quoi! vous le haïssez!

CARLOS.

Non, je ne le hais pas;
Mais j'éprouve, à ce nom, l'angoisse du trépas.
Près de lui, je m'attends au châtiment d'un crime...
Ainsi, près du bourreau, palpite la victime.
Suis-je coupable, ami, si dès mes premiers ans,
Livré, comme un captif, à de vils courtisans,
J'ai senti de l'amour les germes si fragiles
Se briser à la voix de mes maîtres serviles?
Elevé par un prêtre, et loin des yeux du roi,
J'avais six ans, Posa, quand parut devant moi
Cet homme redouté, que l'on disait mon père.

Il venait de juger; et sa main meurtrière,
Par quatre arrêts de mort, signés dès le matin,
De quatre infortunés terminait le destin!
Je ne le revis plus que lorsqu'en mon enfance
J'avais, pour châtiment, mérité sa présence!
Que d'amers souvenirs je sens se réveiller!
Laissons-là ce sujet.

POSA.

Carlos, il faut parler.
Que dans cet entretien votre cœur se soulage.

CARLOS.

J'ai lutté sans succès, mais non pas sans courage.
Mille fois échappant à mes gardiens nombreux,
Quand le premier sommeil avait fermé leurs yeux,
A genoux, de mes pleurs arrosant la poussière,
A la reine des Cieux j'adressais ma prière.
Je demandais à Dieu qu'il me permît d'aimer,
Que d'un cœur filial il daignât m'enflammer!...
O Créateur, pourquoi cet étrange mystère?
Lui choisir un tel fils, me donner un tel père!

Par les noms les plus doux, par le plus saint des nœuds,
Sans leur donner l'amour, unir deux malheureux!
Confondre, rapprocher par la plus tendre chaîne,
Les deux extrémités de la nature humaine!
Effroyable destin, pourquoi l'as-tu permis?
Tels l'on verrait aux Cieux deux astres ennemis,
Se heurtant une fois dans leur course immortelle,
Se fuir, épouvantés, d'une fuite éternelle.

POSA.

Je prévois bien des maux!

CARLOS.

Plein de rêves affreux,
J'enfante, je nourris des projets monstrueux...
Ah! Rodrigue, à mes yeux s'il cesse d'être un père,
Sera-t-il encor roi?...

POSA, *après un silence.*

Carlos, une prière!
Écoutez... Je comprends, j'excuse votre amour.
Mais je crains vos transports... Jurez que, dès ce jour,

Vous n'entreprendrez rien avant de m'en instruire !
Me le promettez-vous ?

CARLOS.

Je me laisse conduire...
Ordonne.

POSA.

Prévenons le départ de la cour.
Vous pourriez voir la reine avant la fin du jour ;
Ici, moins de contrainte, un lien moins sévère...

CARLOS.

Je l'espérais en vain !

POSA.

Calmez-vous... Je l'espère.
Devant elle, à l'instant, je vais me présenter :
Je saurai l'émouvoir et m'en faire écouter.
Seule, elle a le secret de notre intelligence ;
Sans doute elle est encor, comme à la cour de France,

Sincère, sans détours... Je parlerai de vous :
Je lirai dans ses yeux sa joie ou son courroux.
Si d'un amour caché le feu secret l'agite,
S'il suffit d'écarter ses dames et sa suite,
A m'entendre, en un mot, si son cœur se résout...

CARLOS, *vivement.*

Ses dames sont à moi! De Mondéjar surtout
J'ai conquis l'amitié; son fils sert dans mes pages.

ROSA.

Ne négligeons donc pas ces heureux avantages...
Je saisirai l'instant... Restez près de ce lieu...
Venez à mon signal... Adieu, Carlos.

CARLOS.

Adieu !

(Ils sortent par deux côtés différens.)

SCÈNE III.

Un site champêtre, coupé par une allée qui conduit au pavillon
de la reine.

LA REINE, LA PRINCESSE D'ÉBOLI, LA MARQUISE DE MONDÉJAR, LA DUCHESSE D'OLIVARÈS.

(Elles arrivent par l'allée.)

LA REINE.

Marquise, nous partons. Vous partagez ma peine ;
Venez donc près de moi, défendez votre reine !
La princesse me brave, et son regard joyeux
Montre avec quel transport elle quitte ces lieux.

LA PRINCESSE D'ÉBOLI.

Pourquoi de mon bonheur vous ferais-je un mystère ?
Ici, loin de Madrid, je ne saurais me plaire.

LA MARQUISE DE MONDÉJAR ; *à la reine.*

Mais d'où vient le regret de Votre Majesté ?
Elle semble quitter un séjour enchanté.

LA REINE.

J'aime les souvenirs que ce lieu me rappelle.
Dans ces champs parfumés la nature est si belle !
De mon pays natal je vois ici les fleurs ;
Je retrouve'son ciel, ses paisibles couleurs ;
Je songe à mes beaux jours, aux jeux de mon enfance...
Je crois, dans ces jardins, respirer l'air de France.

LA PRINCESSE D'ÉBOLI.

Et moi, ce lieu me semble ennuyeux à périr !
On y meurt.

LA REINE.

C'est Madrid que je ne puis souffrir.
Tout s'y couvre à mes yeux d'une morne tristesse.
C'est un vaste tombeau... Qu'en pense la duchesse ?

LA DUCHESSE D'OLIVARÈS.

Madame, parmi nous l'usage est que la cour
Au Pardo passe un mois, un mois dans ce séjour,
Et l'hiver à Madrid... L'étiquette sévère
Exige...

LA REINE, *souriant*.

On est toujours de votre avis, ma chère.

LA MARQUISE DE MONDÉJAR.

Nous partons, savez-vous, dans un heureux moment.
Un combat de taureaux se prépare.

LA PRINCESSE D'ÉBOLI, *avec joie*.

Vraiment!

LA MARQUISE DE MONDÉJAR.

Oui, la place Mayor est déjà tout ornée.

LA DUCHESSE D'OLIVARÈS.

Le dernier fut charmant.

LA PRINCESSE D'ÉBOLI, *vivement*.

Le plus beau de l'année.

LA REINE, *tristement.*

Oui, ce torréador sous le monstre étouffé!

LA MARQUISE DE MONDÉJAR.

On nous promet de plus un bel auto-da-fé.

LA REINE.

Eh quoi! c'est Mondéjar, si bonne, si sensible,
Qui parle sans frémir de ce spectacle horrible !
Pour de pareils tableaux son âme est sans effroi!
C'est pour elle un plaisir?... Ah! je la plains !

LA MARQUISE DE MONDÉJAR.

                                        Pourquoi ?
J'aime assez prendre part à nos fêtes publiques.
Ceux qu'on brûle, après tout, ce sont des hérétiques.

LA REINE, *à part.*

J'oubliais où je suis. (*Haut.*) Mais changeons de discours.
Nous parlions de ces lieux, de nos divers séjours,

De nos plaisirs... du bien que m'a fait ce voyage...
Et pourtant... je ne sais... j'espérais davantage.
(Moment de silence.)

LA DUCHESSE D'OLIVARÈS, *à la princesse d'Éboli.*

Eh bien ! que fait Gomez ? sera-t-il votre époux ?

LA REINE, *à la duchesse.*

Vous me faites songer...
(A la princesse d'Eboli.)

               Je dois auprès de vous
Favoriser ses vœux... Le roi me sollicite.
Mais aimez-vous le comte ? Il faut qu'on vous mérite.

LA DUCHESSE D'OLIVARÈS.

J'oserai rappeler à Votre Majesté
Qu'il a reçu du roi des marques de bonté.

LA REINE.

C'est fort heureux pour lui... Mais je voudrais connaître
Si Gomez sait aimer, s'il mérite de l'être ?
(A la princesse.)
Parlez-moi sans détours.

LA PRINCESSE D'ÉBOLI.

(Elle reste un moment interdite, les yeux fixés à terre , et tombe enfin aux pieds de la reine.)

Je tombe à vos genoux !

Je ne pourrai jamais accepter cet époux !
Mon âme tout entière à vous s'est confiée...
Hélas ! il est affreux d'être sacrifiée !

LA REINE , *vivement.*

Je ne l'ignore pas.... C'est assez... Levez-vous !
Et depuis quand Gomez s'offre-t-il pour époux ?
Parlez... Depuis long-temps sans doute il vous implore ?

LA PRINCESSE D'ÉBOLI, *se relevant.*

Don Carlos à la cour n'habitait pas encore.

LA REINE, *avec surprise, et cherchant à la pénétrer des yeux.*

Vos motifs sont puissans ?

LA PRINCESSE D'ÉBOLI , *avec une grande vivacité,*

Comblez tous vos bienfaits !...
Sauvez-moi de Gomez !... Je le crains... je le hais !

LA REINE, *avec gravité.*

C'est assez... Je le vois... Ne soyez plus tremblante !
Comptez sur mon appui.

(Aux autres dames.)

Je voudrais voir l'infante.
Marquise, amenez-la.

LA DUCHESSE D'OLIVARÈS, *regardant à sa montre.*

Madame, excusez-moi !
Il n'est pas temps encor : ce n'est pas l'heure.

LA REINE.

Eh ! quoi !
Ce n'est pas l'heure encore où je puis être mère ?
Mais ne murmurons pas.

(Imitant la duchesse.)

L'étiquette sévère...
Quand l'heure arrivera, veuillez m'en prévenir.

(Un page vient, il parle bas à la grande maîtresse qui s'approche
ensuite de la reine.)

15

LA REINE.

Que veut-on?

LA DUCHESSE D'OLIVARÈS.

On demande à vous entretenir...
Le marquis de Posa, qui, revenu de France...

LA REINE, *vivement*.

De Posa?

LA DUCHESSE D'OLIVARÈS.

Sollicite un instant d'audience.

LA REINE.

Peut-il venir ici?

LA DUCHESSE D'OLIVARÈS, *gravement*.

Le cas n'est pas prévu.

LA REINE.

Eh bien! je résoudrai ce problème inconnu.
Je verrai le marquis.

LA DUCHESSE D'OLIVARÈS.

Vous le voulez?

LA REINE.

Qu'il vienne.

LA DUCHESSE D'OLIVARÈS.

Vous permettrez alors qu'à l'écart je me tienne.

LA REINE.

Oui, duchesse, un instant éloignez-vous de moi...
J'en courrai le péril et prendrai tout sur moi.

(La grande maîtresse se retire. Le page sort sur un signe de la reine.)

SCÈNE IV.

LA REINE, LA PRINCESSE D'ÉBOLI, LA MARQUISE DE MONDÉJAR, LE MARQUIS DE POSA.

LA REINE.

Salut au chevalier!

POSA.

Une reine chérie
Rend plus cher à nos yeux l'aspect de la patrie.
En vous voyant régner, l'Espagnol orgueilleux
Jamais de son beau nom ne fut plus glorieux.

LA REINE, *à ses deux dames.*

Du marquis de Posa l'on connaît la vaillance.
Pour moi, jadis à Reims, il rompit une lance;
Dans ce tournoi fameux ses coups furent vainqueurs,
Et son bras fit trois fois triompher mes couleurs.
Oui, ce fut le premier de la Castille entière
Qui de régner ici me rendit vaine et fière.

(Au marquis.)

Chevalier de Posa, c'est au Louvre, je crois,

Que nous nous sommes vus pour la dernière fois.

Vous n'imaginiez pas qu'au trône de Castille,

De Henri-Deux un jour vous reverriez la fille ?

POSA,

Non, je n'espérais pas qu'un peuple généreux,

Prodigue de ses dons, céderait à nos vœux

Le seul bien que l'Espagne enviât à la France.

LA REINE.

Le seul ! D'un Castillan voilà bien l'assurance !

Et vous parlez ainsi devant une Valois.

POSA.

Oui, puisqu'elle est assise au trône de nos rois.

(Moment de silence.)

LA REINE.

Vous quittez cette France à mon cœur toujours chère...

Que me rapportez-vous de mon auguste mère ?

POSA, *lui présentant des lettres.*

Reine, je l'ai trouvée heureuse, sans désirs ;
Et son cœur, détaché des terrestres plaisirs,
N'en goûte plus qu'un seul, le bonheur de sa fille.

LA REINE, *prenant les lettres.*

Qu'il est doux à mon cœur, l'amour de ma famille!...

(Au marquis.)

Vous avez vu l'Europe... En vos divers séjours,
Vous avez observé les peuples et les cours.
Pensez-vous maintenant à jouir de la vie,
A vivre pour vous-même au sein de la patrie,
Aussi grand loin du monde et de ses vains honneurs,
Que Philippe entouré de ses ambassadeurs ?
Mais je crains que Madrid au marquis ne déplaise.
Ce silence de mort, ce calme qui nous pèse...

(S'arrêtant.)

On est... tranquille ici.

POSA , *souriant.*

Je n'en doutai jamais.
On a plus de bonheur ailleurs... mais moins de paix.

LA REINE.

On le dit.

(A la princesse d'Eboli , lui montrant une fleur.)

Cueillez-moi cette fleur si brillante ,
Son aspect m'a séduit.

(La princesse s'éloigne, et la reine dit à demi-voix :)

Si j'en crois mon attente ,
Votre retour , marquis , a dû faire un heureux.

POSA.

J'ai trouvé dans les pleurs un ami généreux ,
Qu'un seul bien...

LA PRINCESSE , *revenant avec la fleur.*

Voyez donc quelles couleurs vermeilles !

(Au marquis.)

Eh bien ! noble marquis ! contez-nous des merveilles !
Vous venez de si loin !... En chevalier galant ,
Vous avez dû pourfendre au moins quelque géant.
Contez-nous l'aventure, et que l'on vous admire !

LA MARQUISE DE MONDÉJAR.

Des géans ! En est-il encor ? Vous voulez rire.

POSA.

Pourquoi donc ? L'on en trouve, et de nombreux, vraiment :
Le pouvoir pour le faible est toujours un géant.

LA REINE.

Il a raison : du faible on méprise la plainte ,
Et c'est des chevaliers que la race est éteinte.

POSA.

Si je ne craignais point de lasser vos bontés ,
Je vous raconterais, Madame...

LA REINE , *vivement.*

Racontez.
Des voyages toujours le récit m'intéresse ;
Je les aime... peut-être autant que la princesse.
Allons, parlez... Vraiment vous me ferez plaisir.

POSA.

Deux nobles de Milan, lassés de se haïr,
Avaient serré le nœud d'une paix salutaire ;
Et pour mieux effacer leur haine héréditaire,
L'hymen devait unir l'éclat de leurs deux noms,
Et d'un lien durable enchaîner leurs maisons.
Guzman, chef révéré d'une illustre famille,
Au neveu de Pietro promît Blanche sa fille.
L'un pour l'autre le Ciel avait dû les former ;
Nuls cœurs n'étaient mieux faits pour s'entendre et s'aimer;
Tout respirait en eux la candeur du jeune âge ;
Fernand de Blanche encor n'avait vu que l'image :
Loin d'elle, par l'étude à Padoue enchaîné,
Ivre de ce trésor, à ses vœux destiné,
Il l'adorait des yeux, de l'âme... Et sa pensée
Rêvait, plus belle encor, sa belle fiancée.
Brûlant d'impatience, il attendait le jour
De venir à ses pieds déposer son amour.

(La reine montre une attention croissante. Le marquis s'arrête un
    instant, puis continue son récit, qu'il adresse à la princesse
    d'Éboli, autant que la présence de la reine le lui permet.)

En ce moment Pietro voit mourir son épouse :
Sans un secret dépit sa vieillesse jalouse

N'avait point entendu le récit exalté

Que de Blanche en tous lieux excitait la beauté.

Il quitte son séjour ; il vient, il voit, il aime ;

Il oublie un serment juré devant Dieu même,

Sans trouble, sans remords, accomplit son dessein,

Et devant les autels consacre son larcin.

LA REINE.

Et que devint Fernand ?

POSA.

Plein d'un espoir céleste,

Il accourt, ignorant le changement funeste.

Plus léger que le vent son cheval le conduit ;

Aux portes de la ville, il arrive la nuit.

Un bruit lointain de fête, apporté par la brise,

Vient frapper son oreille... Il avance... O surprise !

Le palais resplendit de feux étincelans ;

Un bruit confus de voix, de danses, d'instrumens,

Dans son âme troublée a jeté l'épouvante ;

Il monte... et du festin la salle éblouissante

Apparaît à ses yeux... Convive inattendu ,

Au milieu de la foule il se glisse inconnu ;

Il ne sait que penser de ce spectacle étrange...

Soudain, près de Pietro, qu'aperçoit-il ? Un ange !

Un ange qu'il connaît, qu'il admira cent fois ,

Dont il a deviné le regard et la voix ,

Mais qu'à ses yeux jamais ses rêves fantastiques

N'avaient peint rayonnant de charmes si magiques.

D'un coup d'œil, d'un regard , il découvre éperdu

Et ce qu'il possédait, et ce qu'il a perdu !

LA PRINCESSE D'ÉBOLI.

Infortuné Fernand !

LA REINE.

Que je plains sa souffrance !...

Mais il est votre ami... Vous l'avez dit, je pense ?

POSA, *avec feu.*

Mon ami le plus cher !

LA PRINCESSE D'ÉBOLI.

Achevez, chevalier.

POSA.

C'est un triste récit... J'ose vous supplier
De ne point exiger la fin de cette histoire ;
Je voudrais à jamais en perdre la mémoire.

(Moment de silence.)

LA REINE, *à la princesse d'Éboli.*

M'est-il enfin permis d'embrasser mon enfant ?
Princesse, amenez-la.

(La princesse s'éloigne sur un signe du marquis. Un page, qui se
tenait dans l'éloignement, disparaît. La reine ouvre les lettres
que lui a données Posa, et témoigne de la surprise. Pendant ce
temps, le marquis parle bas et précipitamment à la marquise de
Mondéjar. La reine, après avoir lu les lettres, se retourne vers
Posa, et le regarde avec attention.)

LA REINE, *à Posa.*

Vous parlez de Fernand.
Mais des maux qu'il souffrait Blanche fut-elle instruite ?

POSA.

Un grand cœur sait cacher le trouble qui l'agite.

LA REINE.

Que cherchez-vous des yeux, qui peut vous alarmer?

POSA.

Je songe à cet ami... que je n'ose nommer.
S'il était à ma place, il chérirait la vie!

LA REINE.

Qui lui refuse donc ce sort digne d'envie ?

POSA, *vivement*.

Comment! que dites-vous? ai-je bien entendu?
Il peut... en ce moment... Quel espoir m'est rendu!
Vous lui pardonneriez?...

LA REINE.

Arrêtez, je l'ordonne.
Que faites-vous, Posa? De crainte je frissonne...

POSA.

Il pourrait espérer!...

LA REINE, *dans le dernier effroi.*

Redoutez mon courroux!...

Il ne l'osera pas!...

POSA.

Il est à vos genoux.

SCÈNE V.

LA REINE, CARLOS.

(Le marquis de Posa et la marquise de Mondéjar se retirent dans
l'éloignement.)

CARLOS, *se jetant aux pieds de la reine.*

Le voilà donc enfin ce moment plein de charmes!

Je puis sur cette main verser de douces larmes !
Je suis heureux !

LA REINE.

Mon sang de terreur s'est glacé !
Quelle démarche, ô ciel ! Fuyez, jeune insensé !
Ma suite est dans ces lieux ; ma cour va nous surprendre.

CARLOS.

Non, je reste à vos pieds... Je ne veux rien entendre.
Je veux mourir ici... dans mon ravissement !...
Mourir à vos genoux !...

LA REINE.

Quel fol égarement !
Où vous conduit, grands dieux ! un transport téméraire ?
Avez-vous oublié que je suis votre mère ?
Que le roi, par ma bouche...

CARLOS.

Oui, je connais mon sort.

Qu'on me livre au bourreau! Qu'on me mène à la mort!
Je suis heureux!

LA REINE.

Mais moi, vous me perdez!

CARLOS, *se relevant.*

Qu'entends-je!
Moi... vous perdre!... Je pars... Oh! quel empire étrange
Exerce sur mon être un seul de vos accens !
Un signe, un geste, un mot, maîtrisent tous mes sens!
Ah! ne vous jouez pas de mon âme abattue!
Cessez ce jeu cruel qui m'accable et me tue!
Je passe tour-à-tour, sous un charme puissant,
De la vie à la tombe, et du ciel au néant!
Que voulez-vous?

LA REINE.

Fuyez!

CARLOS.

C'est demander ma vie!

LA REINE.

Fuyez !

CARLOS.

Un seul instant... Carlos vous en supplie !...

LA REINE.

Carlos, voyez mes pleurs, mon trouble, mon effroi !
Malheureux, rien n'échappe aux oreilles du Roi...
Mes pages... mes geôliers... Quoi ! vous doutez encore :
Si Philippe est instruit, le trépas...

CARLOS.

Je l'implore !...
Aurais-je donc, brûlant du désir de vous voir,
Sur cet unique instant rassemblé mon espoir ?
J'aurais en vain franchi la barrière odieuse !...
Le sort en est jeté ! Je reste.

LA REINE.

Malheureuse !
Je succombe... Il se perd !... Que voulez-vous de moi ?

16

CARLOS.

T'entendre , te parler, revivre près de toi!
En vain de mon amour j'ai combattu l'empire;
Mon courage est vaincu; j'ai lutté... mais j'expire !

LA REINE.

Au nom de mon repos... Respectez ma douleur !

CARLOS.

Non , non; je veux parler et soulager mon cœur.
Aux yeux de l'univers vous me fûtes donnée !
La nature, le ciel, voulaient notre hyménée...
Philippe, par un vol, s'est emparé de vous!

LA REINE.

O ciel! c'est votre père!

CARLOS.

Oui, mais c'est votre époux!

LA REINE.

Il vous donne, Carlos, l'empire de la terre.

CARLOS.

Oui, reine, mais c'est vous qu'il me donne pour mère!

(Avec égarement.)

Destin, que diras-tu pour te justifier ?

(Prenant la main de la reine.)

S'il pouvait vous comprendre et vous apprécier ;
S'il sentait tout le prix de ce bien qu'il m'enlève ;
S'il goûtait ce bonheur, qui pour moi fut un rêve ;
S'il vous aimait enfin, je ne me plaindrais pas,
Et je serais heureux, s'il l'était dans vos bras !
Mais non, il ne l'est point... Regarde, ô Providence,
Vois ce roi profaner les dons de ta clémence!...
En vain vous espériez toucher son cœur de fer !
Non, il n'est pas heureux, et voilà mon enfer !
Ce tourment vient se joindre au feu qui me consume ;
Le ciel veut m'accabler d'horreur et d'amertume !
Il m'ôte mon trésor... Ses décrets inhumains
L'ont, pour l'anéantir, placé dans d'autres mains.

16..

LA REINE.

Ah ! ne réveillez pas cette horrible pensée !

CARLOS.

Je sais qui la forma, cette chaîne insensée !
Je sais comment Philippe aura pu s'enflammer,
Comment son cœur s'émeut, comment il peut aimer !
Un ange, l'ornement, l'honneur de la nature,
Une femme, admirable et noble créature,
Reine par le destin, reine par la beauté,
On en fait le garant d'un fragile traité !...
Objet infortuné d'une intrigue honteuse,
Négociée au fond d'une cour ténébreuse,
Par quelques courtisans vendue avec lenteur,
Et, le marché conclu, livrée à l'acheteur !
C'est ainsi que Philippe obtint ce beau partage,
Et c'est ainsi qu'un roi recherche en mariage !

LA REINE.

C'en est assez, Carlos !

CARLOS.

Qu'êtes-vous? répondez.
Reine? En vain on le pense, et vous le prétendez.
Où vous gouverneriez, verrait-on tant de crimes?
Verrait-on un duc d'Albe entasser les victimes?
De tous ses vils bourreaux verrions-nous les exploits,
Et la Flandre expirer lentement sous la croix?
Mais au moins de Philippe êtes-vous donc l'épouse?
Non! pouvez-vous régner sur cette âme jalouse?
Connaît-il vos attraits et leur pouvoir vainqueur?
De ce royal époux possédez-vous le cœur?
Non... Lorsque transporté d'une soudaine ivresse,
A son prudent amour échappe une caresse,
N'en demande-t-il pas pardon à ses vieux ans,
Au monde, à sa couronne, à l'Espagne, à son temps?

LA REINE.

A de pareils discours qui donc vous autorise?
Pourquoi supposez-vous, qu'à Philippe soumise,
Mon sort soit si cruel? et qu'épouse d'un roi...?

CARLOS.

C'est mon cœur qui me dit qu'heureuse auprès de moi,
Vous auriez épuisé tous les biens de la terre!

LA REINE.

Homme vain! Si mon cœur me disait le contraire?
Et si je préférais à ce fils orgueilleux
D'un roi sage et discret l'amour respectueux?
Si les soins d'un vieillard...

CARLOS, *souriant amèrement.*

Alors, je dois me taire...
Pardonnez... J'ignorais que vous aimiez mon père.

LA REINE, *avec émotion.*

Non, je ne l'aime point, mais je veux l'honorer:
Comme roi, comme époux, je dois le révérer,
Veiller à son bonheur, lui consacrer ma vie!

CARLOS.

Reine, avez-vous aimé?

LA REINE.

Carlos, je vous supplie...
Il en est temps, cessez des discours superflus!

CARLOS.

Reine, avez-vous aimé?

LA REINE.

Carlos, je n'aime plus.

CARLOS.

Parce que le serment, votre foi vous l'ordonne?

LA REINE.

Laissez-moi... Qu'à mon sort du moins je m'abandonne!...

CARLOS.

Ainsi vous n'aimez plus?

LA REINE.

Laissez-moi mon repos!

CARLOS.

Ainsi vous n'aimez plus?

LA REINE.

Je vous l'ai dit, Carlos!

CARLOS.

Parce que le serment, votre foi vous l'ordonne?

LA REINE.

Malheureux!... Recevons ce que le ciel nous donne!
Nous devons obéir!

CARLOS.

Devoir! toujours devoir!
Mais ne savez-vous pas que Carlos peut vouloir?
Et qu'il ne prétend point rester dans l'infortune,
Traîner dans les regrets une vie importune,
Lorsqu'il ne lui faudrait, pour agir à son choix,
Que remuer le monde et renverser les lois?

LA REINE.

Qu'ai-je entendu, Carlos? Que prétendez-vous faire?
Vous pouvez espérer?... De moi?... De votre mère?...
(Elle le regarde long-temps avec pénétration, puis continue avec
dignité.)
Pourquoi non?... Que ne peut, dans son farouche orgueil,
Tenter le roi nouveau, debout sur un cercueil?
Il peut, par les forfaits, assurer sa victoire,
Fouler aux pieds les morts et flétrir leur mémoire,
Insulter à leur nom, à leurs derniers momens,
Aux flammes du bûcher livrer leurs testamens;
(Carlos est dans la plus grande agitation.)
Il peut même... il le peut!... des ombres désolées

A la face du ciel vider les mausolées ;
Fouiller l'Escurial et ses vieux ossemens ;
Des princes, ses aïeux, jeter la cendre aux vents ;
Et pour remplir enfin cette noble carrière...

CARLOS.

Arrêtez !

LA REINE.

Épouser la veuve de son père !

CARLOS.

Fils maudit !

(Il reste un instant immobile.)

J'aperçois, dans toute sa clarté,
D'irréparables maux l'affreuse éternité !
C'en est donc fait de nous !... Oui, vous m'êtes ravie !...
Malheur, malheur à moi !... C'est pour toute la vie !
Vous perdre, c'est l'enfer !... Carlos veut bien mourir ;
Mais des maux éternels, quel cœur peut les souffrir ?

LA REINE.

Cette horrible douleur, je la sens tout entière...
Sachez en triompher! imitez... votre mère!
Cher et malheureux prince, étouffez cet amour!
Sachez vous maîtriser... Vous régnerez un jour.
Cette lutte, Carlos, ne sera pas sans gloire :
Remportez sur vous-même une noble victoire!
Songez à votre nom, songez à vos aïeux;
Commencez un combat pénible et glorieux.
Soyez digne de vous, digne, en rompant vos chaînes,
Du sang de Charles-Quint, qui coule dans vos veines!

CARLOS.

Non, reine, il n'est plus temps! Peut-on vaincre son cœur?

LA REINE.

Prince, il est toujours temps de vivre avec honneur.
Comblé des dons du ciel et de la Providence,
Avez-vous mérité la suprême puissance,
Du prodigue destin les brillantes faveurs,
Votre sceptre absolu, votre nom, vos grandeurs?

Voilà ce que demande et l'Espagne et le monde.
Que Carlos se réveille, et noblement réponde !
Sauvez, prince, sauvez la justice du ciel !
Méritez l'univers... Soyez plus qu'un mortel !

CARLOS.

Je sais ce que je puis !... Je ne suis plus le maître.
Combattre mon amour, je le pourrai peut-être !
Mais qu'il meure en mon âme... en vain vous l'ordonnez.

LA REINE.

Convenez-en, Carlos, dans ces vœux obstinés
Que vous portez ainsi sur moi, sur votre mère,
N'entre-t-il point d'orgueil, de coupable colère ?
Faut-il vous rappeler à vos devoirs sacrés ?
D'autres réclameront l'amour que vous m'offrez ;
De votre auguste père il chercha la compagne ;
Il s'égara vers moi... Qu'il retourne à l'Espagne !
Alors goûtez l'amour... sentez-en les transports
Comme un bonheur céleste, et non comme un remords !
Brûlez enfin, Carlos, de cette noble flamme...
Je cède à vos sujets tous mes droits sur votre âme !

CARLOS, *plein d'émotion, tombe aux pieds de la reine.*

Qu'exiges-tu de moi ? Réponds , fille du ciel !
Oui, je veux te promettre un silence éternel !
Faut-il ne plus t'aimer !... Dieu tout-puissant, je jure...
Ah ! ne l'ordonne pas ! ton Carlos t'en conjure !
Me taire, je le puis ; mais t'oublier... jamais !

LA REINE.

Vous oublier ! moi-même en vain je le voudrais.

POSA, *accourant.*

Le Roi !

LA REINE.

Dieu ! sauvez-vous ! craignez sa défiance !

CARLOS.

Moi , fuir ! c'est à Philippe à craindre ma présence :
Lui seul est le coupable ; il est temps de parler !

LA REINE, *éperdue.*

A votre égarement voulez-vous m'immoler?

CARLOS.

Ah! Dieu! non... Viens, Rodrigue, échappons à mon père!
(Il s'éloigne et revient.)
Que pourrai-je emporter?

LA REINE.

L'amitié !... d'une mère.

CARLOS.

D'une mère!

LA REINE, *lui remettant quelques lettres.*

Et les pleurs de la Flandre...

CARLOS.

Ah! j'entends!

Viens, Posa, cet adieu m'a fait perdre les sens!

(Carlos et Posa s'éloignent : la reine cherche ses dames avec des yeux
inquiets, et n'en découvre pas. Elle se dispose à se retirer par
l'allée, lorsque le roi paraît.)

SCÈNE VI.

LE ROI, LA REINE, LE DUC D'ALBE, DOMINGO,
QUELQUES DAMES ET QUELQUES GRANDS QUI SE TIENNENT UN
PEU A L'ÉCART.

LE ROI. (*Il s'avance avec surprise, et, après une pause :*)

Eh quoi! seule en ces lieux!.. sans vos dames... sans suite?
Cet usage est nouveau... Quel trouble vous agite?
Expliquez-vous... parlez.

LA REINE.

Sire, point de courroux...
Aurais-je pu, grands dieux! offenser mon époux,
Éveiller dans son âme un soupçon qui me blesse?...
Mon ordre a de ces lieux éloigné la princesse:
Je voulais voir l'infante...

LE ROI.

Et qui donc loin de vous
Retenait la marquise?

LA MARQUISE DE MONDÉJAR, *qui, sur ces entrefaites, est revenue, et s'est mêlée parmi les personnes de la suite, s'avance et se jette aux pieds du Roi.*

Hélas! à vos genoux
D'obtenir mon pardon je me déclare indigne.
A vos justes rigueurs, sire, je me résigne :
Je reconnais mon tort.

LE ROI.

Ce n'est point l'expier :
Je vous donne dix ans pour ne pas l'oublier ;
Vous pourrez y songer dans l'exil, loin d'Espagne.
Relevez-vous !

(La marquise se relève en pleurant ; tout le monde se tait ; tous les regards se portent sur la reine.)

LA REINE.

Eh quoi! vous pleurez, ma compagne?
(Au roi.)
Sire, ne pouviez-vous m'épargner cet affront?
Pourquoi publiquement faire rougir mon front?

Est-ce ainsi que des rois vous outragez la fille ?...
Voilà pour quel destin j'ai quitté ma famille !
Ah, sire ! Elisabeth respecte ses liens :
Croyez à sa vertu plutôt qu'à ses gardiens !...
Maintenant, pardonnez...

(Se tournant vers la marquise.)

Je ne puis voir sans peine
Une amie en pleurant abandonner sa reine.
Vous avez encouru la disgrâce du roi,
Non la mienne, marquise... Approchez-vous de moi !

(Elle détache sa ceinture et la lui présente.)

De mon amour pour vous prenez ce faible gage !
Etouffez ces regrets... Armez-vous de courage !
Fidèle à l'amitié qui vous a fait punir,
Ne rejetez jamais son tendre souvenir,
Et que ce doux penser partout vous accompagne...
Vous n'êtes, croyez-moi, coupable qu'en Espagne :

(Avec une émotion croissante.)

Marquise, allez en France, et portez-y mes vœux !
Dans ma chère patrie on plaint les malheureux.

(Elle s'appuie sur la grande-maîtresse et se couvre le visage.)

17

LE ROI, *avec quelque émotion.*

Quoi ! des pleurs ?... Excusez ma tendresse craintive !
Voulais-je vous porter une atteinte aussi vive ?
Des reproches dictés par le plus pur amour,
Reine, vous feraient-ils rougir devant ma cour ?

(Se tournant vers sa suite.)

Interrogez mes grands ! Quand tout dort sur la terre,
Le sommeil de leur roi ferme-t-il la paupière,
Sans qu'étendant les yeux vers ses peuples lointains,
Il ait sondé leurs vœux, leur espoir, leurs desseins ?
Serait-il moins jaloux d'une épouse qu'il aime ?
Pour faire respecter ma puissance suprême,
J'ai mon bras, le duc d'Albe, et tout cède à nos coups,...

(Montrant les dames.)

Mais je n'ai que ces yeux pour être sûr de vous.

LA REINE.

Sire, vous douteriez ?...

LE ROI.

On vante ma puissance,
Mes flottes, mes trésors et mon empire immense.

Mais ces vastes états où je règne aujourd'hui,
Un autre en sera maître, et d'autres après lui.
C'est des rois castillans la richesse commune.
Ce trône est accablé des dons de la fortune,
Qu'importe?... Elisabeth, un seul bien est à moi :
Vous êtes à Philippe et le reste est au roi.

REINE.

Sire, de votre épouse auriez-vous à vous plaindre?

LE ROI.

Si j'avais commencé, j'aurais cessé de craindre.
(Il porte les yeux autour de lui.)
Je cherche autour de moi... Je ne vois pas l'infant.
Tous mes grands sont ici... D'où vient qu'il est absent?
(Personne ne répond.)
Il m'évite... Et pourquoi redoute-t-il son père?
Il semble depuis peu s'entourer de mystère...
Dans ses veines bouillonne un sang impétueux :
D'où vient cet œil glacé, cet abord soucieux?
D'où vient cette conduite égale, irréprochable?...
Veillez sur lui, mes grands! Carlos m'est redoutable.

17..

LE DUC D'ALBE.

Je veille : aussi long-temps qu'ici battra mon cœur,
De tous ses ennemis mon roi sera vainqueur ;
S'il vous en reste un seul, qu'il ose donc paraître !
Debout, le glaive en main, je protége mon maître.

LE COMTE DE LERME.

Oserai-je répondre au plus sage des rois ?
Pourrai-je contre vous, sire, élever la voix ?
Oui, j'ai trop de respect pour son auguste père,
Pour porter sur Carlos un jugement sévère :
L'infant est enflammé d'une bouillante ardeur :
On peut craindre son sang... Ne craignez pas son cœur !

LE ROI.

Comte de Lerme, en vous je vois l'ami du père,
Mais pour servir le roi, d'Albe, je vous préfère.
(A ses grands.)
Je retourne à Madrid : Du fond des Pays-Bas
S'avance l'hérésie : elle marche à grands pas.

Effrayons par le sang ceux dont l'esprit s'égare !

Un exemple éclatant pour demain se prépare.

Le grand serment qu'à Rome ont prêté tous les rois,

Je l'acquitte, et le glaive est tiré pour la croix.

Demain... Jamais Madrid, par un pareil supplice,

N'aura vu de l'Église éclater la justice :

A cet auto-da-fé je vous invite tous.

Vous y serez, Messieurs... et je compte sur vous.

(Il présente la main à la reine, et sort suivi de la cour.)

SCÈNE VII.

DON CARLOS, *des lettres à la main,* LE MARQUIS
DE POSA.

CARLOS.

Rodrigue, elle le veut : il faut sauver la Flandre.

POSA.

Le temps presse : le duc est nommé pour s'y rendre.

CARLOS.

Mais il n'est point parti : je vais parler au roi,
A genoux, s'il le faut, demander cet emploi.
Oui, je veux me résoudre à supplier mon père !
Pourra-t-il rejeter ma brûlante prière?
Ma présence à Madrid semble l'importuner ;
C'est un prétexte heureux, Posa, pour m'éloigner.
Te l'avoûrai-je enfin? J'espère davantage :
De la nature, ami, le sublime langage
Parvient bien rarement à l'oreille des rois !
Philippe l'entendra pour la première fois.
Le ciel peut aujourd'hui terminer ma misère;
En lui rendant un fils, il peut me rendre un père.

POSA.

J'ai retrouvé l'ami que je croyais perdu.

CARLOS.

Rends donc grâce à la reine : elle te l'a rendu !

SCÈNE VIII.

LES PRÉCÉDENS, LE COMTE DE LERME.

LE COMTE DE LERME.

Le roi vient de partir, et vers vous il m'adresse...

CARLOS.

C'est bien, comte : il suffit, et je pars.

POSA, *faisant semblant de se retirer, et d'un ton cérémonieux.*

Votre Altesse

N'a rien à m'ordonner.

CARLOS.

Non, rien. Je suis content
De vos détails, marquis.
(Au comte de Lerme qui est resté.)
Je vous suis à l'instant.
(Le comte de Lerme se retire.)

SCÈNE IX.

CARLOS, LE MARQUIS DE POSA.

CARLOS.

J'ai compris ta prudence, et ce ton de contrainte.
La présence du comte exigeait cette feinte.
Mais seuls, entre nous deux, revient l'égalité,
Et l'amitié reprend sa douce intimité.
Supposons que tous deux, dans un bal, une fête,
Nous nous soyons trouvés, moi, la couronne en tête,
Tout rayonnant de pourpre et de l'éclat royal,
Toi, sous le simple habit d'un sujet, d'un vassal.
Tant que dure la fête, un intervalle immense
Du rang qui nous sépare a marqué la distance :
A bien jouer le prince employant tout mon art,
Ma gravité d'emprunt te refuse un regard.
Mais sitôt que la foule un instant se retire,
Le roi près du vassal abdique son empire,
Et du masque à l'écart détachant les cordons,
Carlos te fait un signe, et nous nous entendons.

POSA.

Le rêve est ravissant, mais sera-t-il durable?
Carlos, un jour viendra, terrible, redoutable,
Où cet esprit si pur, ce cœur noble, élevé,
Par un grand changement doit se voir éprouvé.
Carlos n'est que l'infant... Soudain Philippe expire,
Et Carlos à ses pieds voit son immense empire.
Hier il était homme, à présent il est dieu.
A peine de Philippe il a reçu l'adieu,
Et soudain séparé des hommes, de ses frères,
Il n'a plus de devoirs, plus de freins salutaires;
Devant ses passions se tait l'éternité;
Son cœur qui palpitait au nom d'humanité,
La méprise, l'outrage, en la voyant flétrie
Se vendre à son idole, et ramper avilie.
Énervé de plaisirs et mort à l'amitié,
Il ne sait plus comprendre, éprouver la pitié.
L'Amérique a de l'or pour payer ses caprices;
La cour a ses démons pour enflammer ses vices.
Dans ce ciel que lui crée un peuple de flatteurs,
Il sommeille, enivré de rêves imposteurs.
Malheur à l'insensé, qui d'une voix sévère,

Tenterait, par pitié, de briser sa chimère !...
Cependant que fera Posa? Sa liberté
Fléchira-t-elle aussi devant la royauté ?
Un roi faible, adoré par une cour tremblante,
Saura-t-il endurer sa franchise insolente ?
Carlos, vous ne pourrez supporter, je le voi,
L'orgueil d'un citoyen, ni moi celui d'un roi.

CARLOS.

De la toute-puissance image trop fidèle !...
Mais ne me juge pas sur ce triste modèle.,
C'est l'abus des plaisirs qui corrompt les puissans :
Moi, je suis jeune encore... Enfant à vingt-trois ans,
Le courage, l'ardeur, la fermeté virile,
Que perd des vains plaisirs l'épuisement stérile,
Comme un dépôt sacré j'ai su les retenir,
Posa, j'ai tout gardé pour mon trône à venir !
Qui peut nous séparer ?

POSA.

Moi. Que sert-il de feindre ?
Pourrais-je vous aimer, si je devais vous craindre ?

CARLOS.

Me craindre !... et le peux-tu ? qui te soumet à moi ?
Libre, sans passions, as-tu besoin d'un roi ?
L'or te séduirait-il ? Ta fortune est immense.
Les honneurs plairaient-ils à ton indépendance ?
Mais sur toi, jeune encor, tu les vis entassés ;
Le destin t'en comblait... tu les a repoussés.
Le plus pauvre, vois-tu, c'est moi, sous ma couronne.
Tu cèdes... Donne-moi ta main !

POSA.

Je vous la donne.

CARLOS.

Pour toujours ?

POSA.

A jamais.

CARLOS.

Même si la grandeur
Égarait ma raison, empoisonnait mon cœur ?
Même si, m'entourant de conseillers perfides,
Je suivais des flatteurs les leçons parricides ?
Même si j'oubliais mes sermens et ces pleurs
Qu'ont arrêtés cent fois tes soins consolateurs ?
Promets-tu que toujours, insensible à la crainte,
Des peuples jusqu'à moi tu porteras la plainte,
Que tu sauras, fidèle à ce pacte sacré,
Rappeler par son nom mon génie égaré ?

POSA.

Carlos, je vous le jure.

CARLOS.

Encore une prière !
Nomme-moi ton Carlos ! Une douce chimère
Me fera croire alors à des liens nouveaux,
Et me fera rêver que nous sommes égaux;
Qu'un même sang toujours a coulé dans nos veines,

Qu'il faut mettre en commun nos plaisirs et nos peines!
Je vivrai dans ton cœur; tu vivras dans le mien...
Ah! Rodrigue, pour toi, je le sais, ce n'est rien :
Mais pour le fils d'un roi, c'est beaucoup : sois mon frère!

POSA, *lui ouvrant ses bras.*

Mon frère, embrasse-moi!

CARLOS, *le pressant sur son cœur.*

Posa, ton âme entière,
Je le sens à mon trouble, a passé dans mon sein.
Je te possède donc... Laisse-moi cette main!
Il n'est plus maintenant de loi qui me retienne;
Je me retrouve enfin : oui, ma main dans la tienne,
Je pourrai défier le sort et les revers;
Je brave les destins, mon siècle et l'univers!

QUATRIÈME ACTE

DE

MACBETH.

TRADUIT DE SHAKSPEARE.

PERSONNAGES.

MACBETH, ROI D'ÉCOSSE, PAR L'ASSASSINAT DE DUNCAN.

MALCOLM, FILS DE DUNCAN.

MACDUFF,

RASS, } SEIGNEURS ÉCOSSAIS.

LENOX,

TROIS SORCIÈRES.

L'OMBRE DE BANQUO * ET AUTRES APPARITIONS.

* Assassiné par Macbeth.

QUATRIÈME ACTE

DE

MACBETH,

TRAGÉDIE DE SHAKSPEARE.

SCÈNE PREMIÈRE.

(Une caverne obscure, au milieu de laquelle est une chaudière.—
Le tonnerre gronde.)

LES TROIS SORCIÈRES.

PREMIÈRE SORCIÈRE.

Mêlons la chair du tigre au sang de la lionne.
Que sur l'ardent brâsier la chaudière bouillonne.

. . . .

DEUXIÈME SORCIÈRE.

On frappe.

TROISIÈME SORCIÈRE.

C'est Macbeth... Quel désir le conduit?

SCÈNE II.

LES TROIS SORCIÈRES, MACBETH.

MACBETH.

C'est moi. Que faites-vous dans cette obscure nuit?

PREMIÈRE SORCIÈRE.

C'est une œuvre sans nom.

MACBETH.

Quels que soient vos mystères,
Quels qu'en soient les autels et les dépositaires,
Répondez à mes vœux!

LES TROIS SORCIÈRES.

Parle, nous t'entendrons.

PREMIÈRE SORCIÈRE.

Que nous veux-tu?

DEUXIÈME SORCIÈRE.

Demande.

TROISIÈME SORCIÈRE.

Et nous te répondrons.

PREMIÈRE SORCIÈRE.

Que nos poisons d'abord ensemble se confondent.

DEUXIÈME SORCIÈRE.

Veux-tu qu'au lieu de nous nos maîtres te répondent?

MACBETH.
Je le veux.

·LES TROIS SORCIÈRES.

De l'Enfer funèbres visions,
Et vous, divinités des hautes régions,
Il vous attend, venez, montrez-vous à sa vue !
Faites votre devoir !

(Le tonnerre gronde. — Une tête apparaît surmontée d'un casque.)

MACBETH.

O puissance inconnue !
Dis-moi...

PREMIÈRE SORCIÈRE.

Silence !... Ecoute avec un saint respect !
Il connaît tes pensers.

L'APPARITION.

Macbeth ! Macbeth ! Macbeth !
Garde-toi de Macduff !

(L'Apparition s'enfonce sous la terre.)

MACBETH.

Reste, je t'en supplie!
O combien ton oracle à ma crainte s'allie!
Qui que tu sois, Macbeth te salue...

(Il s'avance pour suivre l'Apparition.)

PREMIÈRE SORCIÈRE.

Arrêtez!
Un autre se présente, et vous parle... Ecoutez!

(Le tonnerre gronde. — On voit paraître le fantôme d'un enfant
ensanglanté.)

L'APPARITION.

Macbeth! Macbeth! Macbeth!

MACBETH.

Mon âme tout entière
Est à toi...

L'APPARITION.

Sois cruel, perfide, sanguinaire ;
Méprise l'homme, et brave un courroux impuissant!
Ne crains aucun mortel, né d'un être vivant.

(Le fantôme s'enfonce sous terre.)

MACBETH.

Vis donc, Macduff... vis donc!... Je ne crains plus ta rage.
Mais non, tu dois mourir... Je veux un double gage.
J'enchaînerai le sort, et si pendant la nuit,
Une aveugle terreur de nouveau me poursuit,
Je rirai de ma peur, comme d'une chimère,
Et dormirai paisible en dépit du tonnerre.

(Le tonnerre gronde. — Apparition d'un enfant couronné, tenant
un arbre à la main.)

Mais quel est ce fantôme?... Il semble un fils de roi.
Son air est fier et noble... Il s'approche... et je voi
Sur son front enfantin briller le diadême.

LES TROIS SORCIÈRES.

Ecoute ; il va parler.

L'APPARITION.

Assis au rang suprême,
Macbeth, montre l'audace et l'orgueil du lion !
Sans frein livre ton âme à ton ambition !
Sois terrible aux vaincus, à l'orphelin terrible !
Ris-toi des vains complots. Macbeth est invincible,
Et son trône assuré, tant qu'il ne verra pas
La forêt de Birnam marcher vers ses soldats.

(L'Apparition rentre sous terre.)

MACBETH.

Je suis donc à couvert sous les ailes divines !...
Quand vit-on les forêts, détachant leurs racines ...?
Non, cela ne peut être !... O triomphe ! ô bonheur !
Le ciel veut que je règne !... Et cependant mon cœur
Est encore agité du désir de connaître.
Dites-moi (jusque-là votre œil peut voir peut-être),
Dites-moi si Banquo doit par ses descendans
Régner un jour ?...

LES TROIS SORCIÈRES.

Pourquoi ces désirs imprudens?
N'en sais-tu pas assez?

MACBETH.

Je veux une réponse.
Quel que soit l'avenir que votre voix m'annonce,
Il faut me satisfaire ou bien je vous maudis!
(Le tonnerre gronde. — On entend une musique plaintive.)
Quel est ce bruit? Parlez... Que m'annoncent ces cris?

PREMIÈRE SORCIÈRE.

Tu l'as voulu, Macbeth!

DEUXIÈME SORCIÈRE.

Il l'a voulu!

TROISIÈME SORCIÈRE.

Qu'il voie.

LES TROIS SORCIÈRES *ensemble.*

Montrez-vous à ses yeux, et détruisez sa joie;
Rois futurs, fils de rois, venez, paraissez tous!
Et dans l'air, comme une ombre, évanouissez-vous!

(Huit rois apparaissent successivement; le dernier tient à sa main
un miroir. — Banquo les suit.)

MACBETH.

Toi, dont le front rayonne en ce nuage sombre,
Disparais, de Banquo tu me rappelles l'ombre,
Tu lui ressembles trop!... Disparais donc! Et toi,
Dont les traits sont pareils... je t'ai vu, laisse-moi!
Un troisième!... Ils sont tous ornés du diadême;
Ils dessèchent mes yeux... Leur visage est le même.
Un quatrième!... O rage! ils se ressemblent tous!
Qui vous a demandés, et que me voulez-vous?
Pourquoi me les montrer, ô puissance infernale?
Assez!... Verrai-je donc cette ligne fatale
Se prolonger sans fin?... Non, je n'en veux plus voir.
C'est assez!... Encore un... Il me montre un miroir;
Que de rois je découvre!...

(Banquo apparaît. —Les Sorcières s'éloignent au milieu d'une
danse magique.)

O ciel! horrible vue!

C'est Banquo... c'est lui-même... O terreur imprévue!

Tout pâle, il me sourit... Son doigt ensanglanté

Me montre sa blessure et sa postérité!...

En sera-t-il ainsi? Parlez, sœurs immortelles!

Ses enfans régneront?... Répondez... Où sont-elles?

Quoi! seul avec Banquo!... Seul avec mes terreurs!

(Il appelle.)

Qu'on vienne! A moi, Lenox!

(Lenox entre.)

SCÈNE III.

MACBETH , LENOX.

MACBETH.

As-tu vu les trois sœurs?

LENOX.

Non, Seigneur.

MACBETH.

Je les veux... Il faut qu'on les amène...
Maudit soit l'air infect qu'a souillé leur haleine!...
Malheur à qui les croit!... N'ai-je pas entendu
Des chevaux? Répondez : quel message est venu?

LENOX.

Plusieurs courriers, Seigneur, apportent la nouvelle
Que Macduff s'est enfui...

MACBETH.

Macduff! mort au rebelle!
Mes trésors à celui qui l'arrête aujourd'hui!
Courez à la frontière! Où donc s'est-il enfui?
En Angleterre?

LENOX.

Oui, prince.

MACBETH.

                    O temps, tu me dévances!

Ainsi meurent sans fruit nos vaines prévoyances,
Si le projet languit au sein qui l'a formé,
Si, prompt comme le cœur, le bras ne s'est armé.
Désormais comme un glaive agira ma pensée;
L'œuvre s'accomplira, sitôt que commencée;
Et, pour exécuter ce terrible serment,
Je veux qu'aujourd'hui même un juste châtiment
Du traître qui s'enfuit frappe toute la race !
Et la flamme et le fer vont suivre ma menace :
J'enveloppe à-la-fois dans ma proscription
Sa femme, ses enfans, et tous ceux de son nom;
Je veux que son château dans la flamme périsse.
Tout ce qui fut à lui, je le traite en complice...
Mais plus de visions, d'oracles mensongers!...
Que le fer seul décide... Où sont ces messagers?

                (Ils sortent.)

SCÈNE IV *.

(La scène est en Angleterre.)

MALCOLM, MACDUFF.

MACDUFF.

Non, n'ayons point recours à d'impuissantes larmes !
Il ne nous faut, Malcolm, que des bras et des armes.
Pour vaincre ou pour périr, quittons le sol anglais,
Et plantons nos drapeaux sous le ciel écossais.
Les cris des orphelins, des veuves, se confondent;
De tous les nobles cœurs les plaintes leur répondent;

---

* Entre cette scène et la précédente, il s'en trouve une autre dans Shakspeare, que nous n'avons pas traduite. Le poëte, par cette scène intermédiaire, qui ne rachète ni en effet dramatique, ni en beautés de détails, ce qu'elle offre de révoltant et de froidement atroce, met sous les yeux du spectateur la boucherie que vient de projeter Macbeth. Il nous montre l'assassinat de la femme et des enfans de Macduff. Dans les représentations que l'on donne à Paris, comme dans celles de Londres, on supprime cette scène, et nous pensons que le lecteur nous pardonnera facilement d'avoir suivi cet exemple.

Il ne faut plus tarder ; commençons le combat,
Et du trône usurpé chassons l'assassinat!

MALCOLM.

Je ressens comme vous le mal qui nous opprime ;
Mais ce roi, ce Macbeth qui règne par le crime,
Que pour notre malheur les enfers ont armé,
Fut vertueux jadis, et vous l'avez aimé.
Une amitié d'enfance est lente à disparaître.
Il vous a ménagé...

MACDUFF.

Je ne suis pas un traître.

MALCOLM.

Non. Mais Macbeth!... Il règne... Un cœur ferme et loyal
Peut céder et fléchir sous un appât royal.
Je ne veux plus tarder à vous ouvrir mon âme.
Macduff, n'avez-vous pas des enfans, une femme ?
Aux fureurs de Macbeth pourquoi les condamner ?
Vous avez pu les fuir et les abandonner!

Vous les avez quittés sans un funeste augure!
D'où vient cette assurance?... Ah! je vous en conjure,
Ne vous offensez pas, Macduff, de ce discours!
Le doute est bien permis aux périls que je cours.
Mais une triste crainte est bien vite effacée...
Si votre honneur est pur, qu'importe ma pensée?

MACDUFF.

Péris, Ecosse!... Et toi, trône de nos tyrans,
Oui, tu peux t'affermir sous tes maîtres sanglans!
Malcolm, je vous l'ai dit... je ne suis pas un traître,
Et frémis qu'à ce point on m'ait pu méconnaître!
Je vous en punirais si vous n'étiez mon roi.

MALCOLM.

Si je vous ai blessé, Macduff, pardonnez-moi!
La défiance étonne une âme généreuse;
Mais elle est naturelle à ma crainte ombrageuse.
Ecoutez! la patrie, en proie à mille horreurs,
Est couverte de sang, de débris et de pleurs.
Elle meurt; chaque jour voit grandir sa blessure.
Cependant, en Ecosse, on s'agite, on murmure;

Ce peuple généreux s'indigne, et, je le crois,
Plus d'un bras s'armerait pour défendre mes droits.
Mille Écossais, rangés autour de ma bannière,
Seconderaient l'effort de la vieille Angleterre
Qui m'offre noblement l'appui de ses soldats.
Mais quand j'aurais vaincu Macbeth en vingt combats,
Quand sa tête, à mes yeux, de mille coups frappée,
Figurerait sanglante au bout de mon épée,
Mon pays n'aurait fait que changer d'oppresseur,
Et trouvé de Macbeth le digne successeur.

MACDUFF.

Cet homme, quel est-il?

MALCOLM.

Moi. Que ton cœur frémisse!
Je porte dans mon sein tous les germes du vice ;
Dans mon âme avec force ils sont enracinés.
Les penchans de mon cœur, vils et désordonnés,
Si jamais je suis roi, briseront leurs entraves.
Mes sujets, qui bientôt deviendront mes esclaves

(Je te le dis, Macduff, et tu dois t'indigner) ,
Regretteront Macbeth en me voyant régner.

MACDUFF, *avec horreur.*

Vous, surpasser Macbeth !

MALCOLM.

Il est ingrat, perfide ,
Et la soif des plaisirs brûle en son cœur avide;
Mais je sens comme lui l'amour des voluptés ;
D'aveugles passions mes sens sont agités,
Le ciel qui dans mes mains placerait la puissance,
Ne me la remettrait qu'en un jour de vengeance;
J'ai besoin de discorde, et j'abhorre la paix;
Sujet, je la maudis, roi, je la bannirais...
Eh bien ! me trouvez-vous digne d'une couronne?

MACDUFF.

O malheureuse Ecosse, à quels rois l'on te donne!
Peuple brave et loyal, qu'un maître détesté
Accable insolemment d'un sceptre ensanglanté,

19

Quand verras-tu finir le malheur qui t'opprime,
Puisque de tes grands rois l'héritier légitime
Se proscrit de sa bouche, et blasphêmant son nom,
Du trône paternel maudit le noble don?
Malcolm, qui veux souiller un si bel héritage,
Ton père était un roi religieux et sage,
Et la reine ta mère, imitant son époux,
Vivait près de l'autel, priant le ciel pour nous.
Adieu, car j'ai perdu ma dernière espérance!
Puis-je encor du pays rêver la délivrance,
Puisque mon œil ici revoit tout ce qu'il fuit,
Et qu'à l'usurpateur ressemble le proscrit!

MALCOLM, *lui tendant la main.*

Grâce au noble transport qui nous réconcilie,
De mes lâches soupçons j'abjure la folie.
Du sort qui me poursuit telle est l'iniquité,
Qu'il me fait outrager l'honneur, la loyauté.
Je redoute Macbeth, et les piéges sans nombre
Que sous mes pas craintifs sa main dresse dans l'ombre.
Je t'ai trompé, Macduff, et j'atteste le ciel
Que je ne porte point l'âme d'un criminel.

Je viens de proférer ma première imposture,
Et s'il est sans vertu mon cœur est sans souillure.
Tout ce qu'il a d'honneur, de courage, de foi,
Son zèle, son ardeur, tout Malcolm est à toi.
L'Écosse nous attend, de ses rois affamée;
Déjà le vieux Siward réunit son armée,
Et dix mille guerriers que dirige son bras,
Prêts à venger mon père, invoquent les combats.
Notre cause est la même, et l'honneur nous rassemble;
Nous marcherons, Macduff, et nous vaincrons ensemble;
Si le ciel me protége, et s'il combat pour moi,
J'aurai le cœur d'un fils et les vertus d'un roi!

MACDUFF.

Ah! laissez-moi sortir d'un songe qui m'accable!...
C'est bien vous que j'entends, fils d'un roi vénérable!...
C'est vous... Oui, c'est Malcolm, le royal orphelin!
Digne fils de Duncan, je vous retrouve enfin!
Venez... reposez-vous sur mon âme oppressée!
Comme d'un rêve affreux s'éveille ma pensée...
Perdre tout à-la-fois, c'eût été trop souffrir!
Et je sais maintenant pour qui je dois mourir!

SCÈNE V.

Les Mêmes, RASS.

MALCOLM.

Quel est cet étranger qui s'approche en silence ?

MACDUFF, *allant vers Rass, et le reconnaissant.*

Quoi ! c'est vous !

MALCOLM, *le reconnaissant à son tour.*

De nos cœurs bannis la défiance,
Grand Dieu ! ne nous rends pas l'un à l'autre inconnus ;
Que le malheur des temps ne nous sépare plus !

MACDUFF.

Eh bien ! apportez-vous quelque heureuse nouvelle ?

RASS.

Non, rien d'heureux.

MACDUFF.

Parlez; l'Écosse existe-t-elle?

RASS.

Si vivre, c'est souffrir, elle vit; mais ses maux
Lui feraient envier le calme des tombeaux.

MACDUFF.

Et que font nos enfans, nos femmes?

RASS.

Elles pleurent.

MACDUFF.

Et le peuple?

RASS.

Il attend.

MACDUFF.

Les gens de bien ?

RASS.

Ils meurent.

MALCOLM.

Quand vous êtes parti, quel malheur plaignait-on ?

RASS.

Chaque instant a les siens : l'horreur et l'abandon
Ont engourdi les cœurs où la pitié sommeille.
On est sans souvenir pour les maux de la veille.

MACDUFF.

Et nul bras ne se lève ?

RASS.

On souffre et l'on se tait.
Pourtant quand je partis, le bruit se répandait
(Et j'en crois de Macbeth les actives alarmes)
Qu'une troupe fidèle avait saisi les armes,
Et du parti vaincu rassemblant les débris,
D'une révolte sainte avait poussé les cris.
On le disait.

MALCOLM.

Le ciel exauce ce présage !
Nous l'entendrons, ami, cet appel du courage !
L'Anglais s'unit à nous, il s'arme. Encore un jour,
Et nous marchons !

RASS.

Hélas ! plût au ciel qu'en retour
Je pusse vous parler d'une voix consolante !
. Mais je vais dans vos cœurs répandre l'épouvante...

MALCOLM.

Ne tardez plus... parlez.

RASS.

Funeste messager,
Dans quelle horreur, ô ciel! vais-je encor vous plonger?

MACDUFF.

Ce malheur frappe-t-il un homme ou la patrie?

RASS.

Vous seul.

MACDUFF.

Achevez donc.

RASS.

Votre épouse chérie...

Lady Macduff n'est plus... D'infâmes meurtriers
Ont envahi soudain vos paisibles foyers,
Porté sous votre toit et le fer et la flamme,
Massacré vos enfans, égorgé votre femme !

MALCOLM.

O Dieu clément!... Macduff, pourquoi cette stupeur ?
Quand la douleur se tait, elle brise le cœur.
Parle-nous... Sors enfin de ce triste silence...
Donne une voix, des pleurs, des cris à ta souffrance !

MACDUFF.

Quoi ! mes enfans aussi!

RASS.

Tout ce qu'ils ont trouvé,
Femme, enfans, serviteurs.

MACDUFF,

Et pas un n'est sauvé !

RASS.

Je vous l'ai dit.

MACDUFF.

Ma femme aussi ! Funeste absence !

MALCOLM.

Il n'est qu'un seul remède à vos maux : la vengeance !
Vos fils sont morts ; jurez sur leur mânes sanglans
De punir l'assassin.

MACDUFF.

Mais il n'a pas d'enfans !...
Et ma femme avec eux ! cette femme si chère !
Et ces pauvres enfans, délices de leur mère !...
Tous !... M'avez-vous dit tous ?

MALCOLM.

Vos vœux sont impuissans.
Ils sont morts : vengez-vous !

MACDUFF.

Mais il n'a pas d'enfans!

MALCOLM.

N'êtes-vous plus, Macduff, ce guerrier qu'on renomme ?
En homme il faut lutter.

MACDUFF.

Oui, mais je souffre en homme!
Puis-je oublier, hélas! que des êtres chéris
A mes embrassemens sont à jamais ravis?...
Quoi! le ciel l'a pu voir sans prendre leur défense !...
Eh! qui dut, mieux que toi, sauver leur existence ?
Fallait-il les quitter, t'arracher de leurs bras?...
Misérable! c'est toi qui causes leur trépas!
Ce coup affreux m'accable; il a brisé mon âme ;
Il arrache à mon sein les sanglots d'une femme !

Mais Macbeth expîra mes pleurs et ses forfaits.

Dieu vengeur, Dieu propice, abrège tous délais!

Que du dernier combat le jour enfin se lève!

Place-nous face-à-face et glaive contre glaive!

Qu'il enferme son corps sous un rempart d'acier;

Je lui présenterai le mien sans bouclier;

Qu'à son bras si vaillant le traître s'abandonne!

Et s'il m'échappe alors, que le ciel lui pardonne!

CINQUIÈME ACTE

DE

BRUTUS Ier,

TRAGÉDIE D'ALFIERI.

PERSONNAGES.

BRUTUS.

COLLATIN, époux de Lucrèce, nommé consul.

VALÉRIUS, sénateur.

TITUS,
TIBÉRIUS,
} fils de Brutus.

Le Peuple.

Sénateurs.

Conjurés.

Licteurs.

La Scène est à Rome dans le Forum.

CINQUIÈME ACTE

DE

BRUTUS Iᴇʀ,

TRAGÉDIE D'ALFIÉRI.

SCÈNE PREMIÈRE.

LE PEUPLE, VALÉRIUS, Sénateurs, Patriciens,
COLLATIN et BRUTUS, à la tribune.

COLLATIN.

Romains, que la justice arme enfin de son glaive,
Sur nos murs affranchis un soleil pur se lève ;
Hier, jour solennel, à jamais respecté,
De vos cœurs s'échappa le cri de liberté ;

Et moi seul, m'entourant de mon deuil solitaire,
Je demeurai plongé dans ma douleur amère.
Aujourd'hui, grâce à vous, mes destins sont changés,
Puisqu'à Brutus, vengeur de nos dieux outragés,
Votre choix m'associe, et le nom consulaire
Accorde à mes douleurs la gloire pour salaire.
Chacun de vous, Romains, à cette heure, en ces lieux,
Jura, dans ce Forum, à la face des dieux
(Ce serment, je l'espère, est encore en votre âme),
De ne jamais des rois subir le joug infâme.
Oui, vous avez proscrit, non pas le seul Tarquin,
Mais tout lâche ennemi, tout vil républicain,
Qui voudrait renverser la liberté naissante,
Et porter à nos lois une atteinte insolente.
Et cependant, Romains, je dois... me croirez-vous?
Signaler, accuser des traîtres parmi nous !
Oui, des traîtres!... déjà!... Faut-il que je les nomme?
Tous riches, tous puissans, et les premiers dans Rome !...
Oui, je viens dénoncer vos frères et les miens!
En faveur de Tarquin, d'infâmes citoyens
Conspirent, au mépris de vos arrêts suprêmes,
Contre vos dieux, Romains, contre vous, contre eux-mêmes!

LE PEUPLE.

En faveur de Tarquin! qui sont-ils? Nomme-nous
Cès traîtres... Qu'on les juge, et qu'ils périssent tous!

COLLATIN.

Ces noms... ces noms flétris, que vous voulez connaître,
Vous allez les savoir, oui, Romains... et peut-être...
Que sait-on?... Je frémis moi-même en les nommant!
Citoyens, j'en appelle à votre cœur clément;
J'invoque le pardon bien plus que la vengeance!
Ce sont des jeunes gens... Leur rang, leur opulence,
Leur âge, ont de leur tête écarté tous nos maux;
L'esclavage pour eux n'a pas eu ses fléaux;
La plupart élevés au sein de la mollesse,
D'une cour corrompue ont savouré l'ivresse,
Et consumant leurs jours en de honteux loisirs,
N'ont connu nos tyrans qu'en goûtant leurs plaisirs.

LE PEUPLE.

Quels qu'ils soient, nomme-les... Nous demandons justice!
Point de pitié pour eux. Que tout traître périsse!

20

Rome doit rejeter ses enfans corrompus;
La liberté nouvelle a besoin de vertus...
Nomme... Nous écoutons.

VALÉRIUS.

Et nous, qui de ce crime
Devinons les auteurs au vœu qui les anime;
Nous, qui l'attribuons aux seuls patriciens,
Nous mêlons notre voix au cri des citoyens.
Peuple né pour la gloire et les faits héroïques,
Du moins dans ces longs jours d'infortunes publiques,
Tu n'as d'un joug honteux connu que le fardeau !
Mais pour nous, sénateurs, formés dès le berceau
A traîner sous le joug une pourpre avilie,
Pour nous, patriciens, la honte et l'infamie
Rendaient plus lourds les fers que nous courions briguer !
L'opprobre et le mépris n'ont pu nous fatiguer;
Nous bénissions la main qui nous chargeait d'entraves;
Plus près de nos tyrans, nous étions plus esclaves;
Et vous, de vos sueurs, payant nos lâchetés,
Vous portiez tous des fers, par nous seuls mérités !
Oui, j'en crois mes soupçons, oui, les premiers parjures

(Je dois les reconnaître à ces trames impures)
Sont des patriciens!... C'est au nom du sénat,
Et des nobles, qu'indigne un si lâche attentat,
Collatin, que ma voix t'adjure et te supplie,
De nommer, quel qu'il soit, tout traître à la patrie!
Rome doit reconnaître aujourd'hui ses vengeurs,
Et quelle soif de gloire embrase tous les cœurs !

LE PEUPLE.

Noble et mâle discours où la vertu respire !...
Oui, quiconque aujourd'hui pour nos tyrans conspire,
N'est point de la noblesse, et n'est point plébéien :
Tout l'état le rejette, il n'est plus citoyen.

COLLATIN.

Quelques-uns cependant, parmi tous ces coupables,
Abhorrent l'esclavage, et sont moins condamnables :
Mais on les entoura de piéges suborneurs ;
Le vil Mamilius ...*

* Agent de Tarquin, qui, au second acte de la tragédie d'Alfiéri, est
envoyé à Rome par le tyran pour redemander au peuple ses trésors.

20..

LE PEUPLE.

L'infâme! O dieux vengeurs!
Où donc est-il? qu'il meure!

COLLATIN.

Avant l'aube, en silence,
Je l'ai fait, hors des murs, conduire avec prudence.
En lui j'ai respecté le droit sacré des gens;
Prouvons, pour repousser des discours outrageans,
Que le peuple romain, toujours grand, toujours juste,
Respecte ses devoirs, et leur puissance auguste:
Sans devoirs l'anarchie et point de liberté!

LE PEUPLE.

Oui, nous rendons hommage à ta rare équité.
Rome eût, à tous les yeux, rougi de ce supplice.
Conservons dans nos rangs les dieux et la justice;
Aux Tarquins, dépouillés de leur pouvoir cruel,
Laissons la trahison et le courroux du ciel!

VALÉRIUS.

Mais ne leur rendons pas cet or, fruit de nos larmes,
Qui dans leurs lâches mains se changerait en armes !
Craignons l'or, non le fer, dans la main des tyrans !

LE PEUPLE.

Oui, ne ranimons pas leurs complots expirans...
Mais devons-nous garder un bien illégitime ?
Qu'avons-nous besoin d'or, nous que la gloire anime ?
Et n'avons-nous pas tous, dignes du nom romain,
La liberté dans l'âme et le glaive à la main ?

VALÉRIUS.

Que tous ces vils trésors, mépris d'un peuple libre,
A l'instant soient plongés dans les ondes du Tibre,
Ou précipitons-les dans les feux dévorans !

LE PEUPLE.

Et périsse avec eux jusqu'au nom des tyrans !

VALÉRIUS.

De notre joug honteux périsse la mémoire !

COLLATIN.

Ce dessein nous honore... Il te couvre de gloire,
Peuple, et j'accomplirai ta sainte volonté !

LE PEUPLE.

Parle-nous maintenant du complot avorté.
Révèle-nous le crime et le nom des coupables !

COLLATIN.

J'hésite à vous remplir, devoirs impitoyables !

LE PEUPLE.

Et Brutus ?... interdit, immobile, muet,
Il fixe sur la terre un regard inquiet :
On dirait que ses yeux vont se mouiller de larmes.

Eh bien donc, Collatin, d'où naissent tes alarmes ?
Parle.

COLLATIN.

O dieux !

VALÉRIUS,

N'es-tu pas notre libérateur ?
De Lucrèce, en un mot, l'époux et le vengeur ?
Des traîtres fléchiraient la vertu d'un tel homme !
De la pitié pour eux ! En ont-ils eu pour Rome ?

COLLATIN.

Ah ! quand vous m'entendrez, cette même douleur
Qui me glace la voix et me brise le cœur,
Va se répandre en vous, et votre âme indécise
Frémira de pitié, d'horreur et de surprise.
Mamilius partait... Il sortait de nos murs,
Quand j'ai saisi sur lui ces indices trop sûrs,
Cette liste fatale... et sa bouche perfide
N'a point nié l'horreur du complot parricide...,

Ils devaient, les Romains sur cette liste inscrits,
Livrer Rome aux tyrans que nous avons proscrits!

LE PEUPLE.

Dieux!

COLLATIN.

Immolant l'état à leur rage servile,
Ils livraient, cette nuit, les portes de la ville.

LE PEUPLE.

Crime horrible! En leur cœur n'est-il point de remord?

VALÉRIUS.

Pour un pareil forfait c'est trop peu que la mort.

COLLATIN, *présentant la liste à Valérius.*

Valérius, lisez... car ma voix s'y refuse.
Je ne puis prononcer ces noms!...

VALÉRIUS, *parcourant la liste.*

Mais je m'abuse !...
Que vois-je?... Ecoutez-moi, Romains... Aquilius...
(A peine si j'en crois mes esprits éperdus)
Est le chef du complot... Les enfans du parjure
Tous inscrits de leur main...

COLLATIN.

D'une vaine imposture
Ils n'ont point déguisé leur forfait odieux :
Ils ont tout avoué...

LE PEUPLE.

Qui vient après ?

VALÉRIUS.

Grands dieux!

LE PEUPLE.

)arle donc.

VALÉRIUS.

Un tel crime, ô ciel, et tant de gloire!...
Quatre noms vénérés... Ah! je ne puis le croire!
Auraient-ils oublié quarante ans de vertus?

LE PEUPLE.

Réponds-nous! Quels sont-ils?

VALÉRIUS.

Tes beaux-frères, Brutus!

LE PEUPLE.

Ciel! les Vitellius!

COLLATIN.

Ce n'est pas tout encore...
D'autres viendront, Romains, qu'un plus beau nom décore.

VALÉRIUS.

Mais pourquoi tous les lire ?... O ciel !... de mon esprit
Un trouble affreux s'empare... Et le fatal écrit
M'échappe... Qu'ai-je vu ?

LE PEUPLE.

Dieux ! qu'allons-nous connaître ?

VALÉRIUS.

Vous ne me croirez pas !

BRUTUS.

Ils me croiront peut-être.
Romains, les derniers noms sur cette liste inscrits...

VALÉRIUS.

Écoutez !

LE PEUPLE.

Quels sont-ils ?

BRUTUS.

Les noms de mes deux fils.

CRIS DU PEUPLE.

Malheureux... que dit-il ? Ses fils!... Bonté céleste!...
Jour fatal !

BRUTUS.

Non, Romains, ce jour n'est point funeste !
Si je n'ai plus d'enfans, vous êtes tous les miens !
Un consul n'a de fils que les vrais citoyens.
J'ai promis de donner mon sang à la patrie ;
Et Rome, s'il le faut, aura plus que ma vie.

LE PEUPLE.

Malheureux père !

(Moment de silence universel.)

BRUTUS.

Eh quoi! d'où vient cette stupeur?

Rome entière se tait; Rome est dans la douleur!

Tous les cœurs sont émus! Pour qui! pour un seul homme!

C'est pour moi que l'on tremble!... Il faut trembler pour Rome.

Qui de nous a couru les risques les plus grands?

Vous voulez, avant tout, la chute des tyrans,

La grandeur, le salut, l'honneur de la patrie:

Eh bien! Rome à jamais allait être asservie;

Les Tarquins de nouveau nous imposaient la loi;

Je tremblais pour l'Etat... et vous tremblez pour moi!

Laissez-là le malheur d'un citoyen, d'un père!

Apportez au Forum votre courage austère;

Le deuil n'est libre ici qu'aux publiques douleurs;

Gardons pour nos foyers la faiblesse et les pleurs!...

Il faut que le premier, ainsi le ciel l'ordonne,

Je vous montre à quel prix la liberté se donne,

Et sur quels fondemens immortels, assurés,

Repose l'avenir de nos destins sacrés!...

Licteurs, dans le Forum, amenez les coupables,

Tout chargés de ces fers que leurs vœux implacables

Préparaient lâchement à nos bras affranchis !

Peuple, tu régneras, et les dieux sont fléchis !

Tu ne trembleras plus sous le sceptre d'un homme ;

Te voilà le seul roi, le seul maître de Rome !

Des traîtres dans l'abîme ont voulu te plonger ;

Et c'est nous, tes consuls, qui devons te venger !

(Il se tait en voyant rentrer les licteurs avec les conjurés.)

SCÈNE II.

BRUTUS, COLLATIN, *à la tribune;* VALÉRIUS, LE PEUPLE, SÉNATEURS, PATRICIENS, ʟᴇs CONJURÉS *chargés de chaînes, conduits par les licteurs;* TITUS ᴇᴛ TIBÉRIUS *s'avancent les derniers.*

LE PEUPLE.

Ciel, les fils de Brutus!

BRUTUS.

Que ce jour mémorable
Soit le salut de tous, et l'effroi du coupable!

(Aux conjurés.)

Vous, meurtriers de Rome, à peine en son berceau,
Vous voici devant elle! A l'ombre du faisceau,
Terrible au crime seul, propice à l'innocence,

Que chacun se disculpe, et parle en assurance.

(Ils se taisent.)

Convaincus du plus grand de tous les attentats,
Rome et nous, ses consuls, ses premiers magistrats,
Nous, qu'elle a revêtus de son pouvoir auguste,
Vous demandons, Romains, si votre mort est juste?

(Silence universel.)

Vous vous taisez?... La loi qui dicte votre sort,
La loi que j'interroge a répondu : la mort!
Eh bien! recevez-la, vous l'avez méritée.
Au nom du peuple-roi la sentence est portée.
Mon devoir est rempli; nos droits sont assurés...
Que puis-je encore?...

(Moment de silence.)

Eh quoi! Collatin, vous pleurez!
Tout se tait, le sénat, le peuple...

LE PEUPLE.

Dieux du Tibre!
Et pourtant leur trépas importe à Rome libre !

TITUS.

Romains, qu'un seul de nous échappe au châtiment !

(Montrant Tibérius.)

Seul, il n'est pas coupable.

LE PEUPLE.

O noble dévoûment !
Titus, près de périr, ne songe qu'à son frère !

TIBÉRIUS.

Ah ! ne le croyez pas ! ma bouche est plus sincère :
Nous sommes (j'en appelle à nos dieux tout-puissans)
Ou tous deux criminels, ou tous deux innocens.

BRUTUS.

De tous ceux dont le nom sur cet écrit figure,
Aucun n'est innocent ; aucun, sans imposture,
Ne peut nier son crime à la face du ciel.
Chez quelques-uns peut-être, un cœur moins criminel

21

Accéda, par faiblesse, à ces trames infâmes :
Aux dieux seuls appartient de lire au fond des âmes.
Absoudre, condamner, sur un tel fondement,
Serait un acte injuste, et non un jugement.
N'outrageons pas des lois le caractère auguste !
Qu'un souverain les brave ! un peuple sage et juste,
Laissant de tels arrêts au caprice des rois,
Ne demande jamais sa sentence qu'aux lois.

COLLATIN.

Oui, Romains, démentant le sang qui les anime,
Les deux fils de Brutus sont complices du crime.
Mais un lâche imposteur égara leur raison :
Partout Mamilius sema la trahison.
Trompés par un perfide, environnés de traîtres,
Ils ont cru que l'État retombait sous ses maîtres ;
Ils ont cru qu'aux Tarquins, soumise sans retour,
Rome allait expier sa liberté d'un jour.
De leur faiblesse enfin trahissons le mystère :
Ils ont inscrit leurs noms, mais pour sauver leur père.

LE PEUPLE.

O ciel!... qu'ils soient absous!... et qu'eux seuls...

BRUTUS.

Arrêtez!

Est-ce vous que j'entends?... Peuple qui m'écoutez,
Vous voulez que les lois règnent sur la patrie,
Vous la voulez puissante, et sur un acte impie,
Qui flétrit votre arrêt, qui vous change en bourreaux,
Vous fondez votre empire et vos destins nouveaux!
Pour qu'un père, un seul homme, échappe à l'infortune,
Vous allez vous jouer de la douleur commune;
Pour complaire à moi seul, et pour sauver les miens,
Vous condamnez aux pleurs tant d'autres citoyens,
Qui sont pères aussi, qui sont fils, qui sont frères!
Ainsi tant de Romains, de leurs vœux téméraires
Recevront aujourd'hui le juste châtiment,
Et deux s'éloigneront absous... Deux seulement!
Parce que leur jeunesse, égarée, imprudente,
Aura trouvé dans Rome une mère indulgente.
Et quand il serait vrai, quand ces deux accusés

21..

Seraient moins criminels, par un traître abusés,

N'étaient-ils pas mes fils ? Sont-ils donc excusables ?

Fils de votre consul, ce sont les plus coupables !

Sauver tous ces Romains serait perdre l'État ;

N'en absoudre que deux serait un attentat ;

Songez-y ! Collatin, moins juste que sensible,

A d'un voile obligeant couvert leur crime horrible :

« Dans le piége un perfide a su les entraîner ;

» C'est ma mort qu'en signant ils ont cru détourner ;

» Ils croyaient voir Tarquin dans nos murs reparaître. »

Il se peut, j'y consens ; mais les autres peut-être,

Sur qui de vos licteurs le fer va se lever,

Avaient aussi des fils, des pères à sauver !

Sont-ils moins criminels, dans leur projet impie,

Pour avoir préféré leur sang à la patrie ?

Citoyens, dans son cœur le père peut gémir ;

Du juge, du consul l'âme doit s'affermir ;

Il immole à l'État les sentimens de l'homme ;

Il ne voit que la gloire et le salut de Rome,

Quand il devrait sans force, expirant de douleur,

Sur le corps de ses fils tomber près du licteur.

Vous apprendrez bientôt quels coups, quelles tempêtes,

Leur complot parricide appelait sur nos têtes !

Il faut par un exemple effrayant, solennel,
Sauver la liberté dont ils brisaient l'autel !
Licteurs, approchez-vous !... O Rome, tu l'ordonnes !...
Que tous les conjurés soient liés aux colonnes !

(Il retombe sur son siége, en détournant les yeux.

Mon cœur n'est point de fer !... Ces horribles apprêts
Me glacent de terreur... Je ne pourrai jamais !...
Je succombe à l'horreur de ce devoir funeste...
C'en est trop... Collatin, mon ami, fais le reste !

(Collatin fait lier les conjurés aux poteaux.)

LE PEUPLE.

Juste ciel ! quel spectacle !... Il détourne les yeux !
Leur mort est juste, hélas !

COLLATIN.

O cœur trop généreux !
Courage plus qu'humain !

VALÉRIUS.

Cet arrêt tutélaire,
Romains, sauve l'État dont Brutus est le père !

UNE VOIX DU PEUPLE.

S'il nous fallait un roi, nous l'aurions couronné !

UN CITOYEN.

C'est un grand homme !

UN AUTRE.

Un dieu !

BRUTUS.

C'est un infortuné !

(Les licteurs vont frapper les conjurés. — La toile tombe.)

TABLE.

SECONDE PARTIE. — THÉATRE.

FIN.

www.ingramcontent.com/pod-product-compliance
Lightning Source LLC
Chambersburg PA
CBHW050149030726
47505CB00005B/1303